梨花风起

程嘉懿◎著

嘉言懿行。

嘉为善，懿为美。

坚持耕耘，乐于体验。

勤于积累，勇于落笔。

CFPH 中国林業出版社
China Forestry Publishing House

图书在版编目(CIP)数据

梨花风起 / 程嘉懿著. —北京：中国林业出版社，2020.7

ISBN 978-7-5219-0683-7

Ⅰ. ①梨… Ⅱ. ①程… Ⅲ. ①散文集-中国-当代 Ⅳ. ①I267

中国版本图书馆 CIP 数据核字(2020)第 125565 号

中国林业出版社·自然保护分社(国家公园分社)

策划、责任编辑：许　玮

电话：(010)83143576

出版发行　中国林业出版社(100009　北京市西城区德内大街刘海胡同 7 号)
http：//www.forestry.gov.cn/lycb.html

印　刷　河北京平诚乾印刷有限公司

版　次　2020 年 9 月第 1 版

印　次　2020 年 9 月第 1 次印刷

开　本　710mm×1000mm　1/16

印　张　13.25

字　数　200 千字

定　价　39.00 元

序言1

那道生命中的文学之光

拿到沉甸甸的《梨花风起》，我真心为嘉懿高兴。祝贺嘉懿的作品结集成书，相信嘉懿也会为此而自豪吧。

细细算来，我与嘉懿认识有七年多了。刚认识她时，她还是北京小学的小学生。时光荏苒，现在的她，已经是北大附中的高二学生了。从这个意义上应该可以说，我是看着她长大的，这让我忽然有一种莫名的兴奋感。能够陪伴着一个孩子一段时间的成长，引领她在某一感兴趣的领域笃定前行，对一位成人来说是一件多么幸福而又奢侈的事情。

嘉懿是个爱读书的孩子，更为可贵的是，她因为读书而爱上了写作，这样一写，就是好几个春夏秋冬笔耕不辍。在读书写作这条路上，她的灵气与坚持，勤奋与天赋，让她比同龄人似乎多了一股睿智，并且取得了许多意想不到的成绩。

嘉懿是我喜爱文学的学生之中最优秀的那十多个中的一个，要知道，我的学生基本都是在北京市重点中小学校就读的。嘉懿曾经在近五年的时间里，连续在寒暑假参加小作家的文学培训活动。这与很多学生以各种理由向我请假相对比，嘉懿的父母却会最早给她报名参加培训，我想，她应该也是推掉其他课外班来追寻文学梦想的吧。小小的身影，就这样慢慢浸透在文学的世界里，在书香中驰骋，在写作中沉思。

我发现，在书香氛围中，她的身姿越发挺拔，气质越发优雅。

《梨花风起》收录了嘉懿的76篇文章，认真读来，内容丰富多彩。有读万卷书、行万里路的书写，有美丽校园的情感记忆，有未来憧憬的蓝色梦想，有曲折动人的童话故事……创作体裁的广泛、语言的隽美、手法的多样以及对作品结构的把握、艺术的水准，让我赞叹，令我惊喜。这里不仅记录了嘉懿的成长，更为可贵的是，字里行间中，我能感受到她的笔触从稚嫩青涩到逐渐成熟的痕迹。

有几篇文章让我记忆犹新。

《红豆》和《娃娃机的秘密》是嘉懿初二年级的作品，也是最初学习创意写作的成果。《红豆》是一篇构思巧妙、意境优美的短篇小说。篇名"红豆"一语双关，既是主人公的名字，也意寓着浓浓的相思之情，姐姐的出嫁，红豆的进城，生动地展现了亲人送别的山村场景与浓浓的亲情。《娃娃机的秘密》一文中，先是刻画了两个对比鲜明的人物，身在福中不知福的"小胖子"和懂得幸福、懂得感恩的"小乞丐"，而把一位顽皮又充满朦胧的正义感的"小鬼"引入之后，整个故事不仅充满了奇思妙想，也在温情恬静的氛围中充满了对弱势群体的关怀。

《为老爸点赞》和《生命中陪伴我的那道光》是两篇在大赛中的获奖作文，简短精致，好看好读，是优秀范文的代表。《为老爸点赞》写了老爸如何面对"减肥"这样一件十分艰难的事情，文中的老爸是位意志坚定的人，女儿通过详细的记录，将爸爸的坚韧表述无疑，结尾对主题进行了升华，告诉读者从减肥到理想，都应当坚持初心，拼搏到底。《生命中陪伴我的那道光》用理性又不失温暖的叙述语言，写出了书籍在人生中的重要作用，揭示出阅读是照亮人生之路那道光的丰富内涵。

坚持耕耘，乐于体验、勤于积累、勇于落笔，让嘉懿迈出了写作路上扎实的第一步。希望在今后的岁月里，嘉懿继续把阅读当成一种习惯，让一本本好书成为自己的进步阶梯，帮自己站到文学巨匠们的肩膀上，去品味那些顶级文字的美好。我相信，那道生命中的文学之光，会照耀她不断前行的路，让嘉懿终将有能力书写出属于自己的光辉未来！

儿童文学作家、北京老舍文学院副院长 周 敏

2020年7月

序言 2

美与爱的觉醒

当成人的文字世界夹杂着惶惑和焦虑，加速度地滑向五光十色的欲望时；当学人的语言文书带来一地鸡毛的沸沸扬扬时，一位十六岁女孩儿的清新文本映入眼帘，顿时感到呼吸中有了空气流淌的空间。嘉言懿行，嘉为善，懿为美，嘉懿每周一篇的小文如同她的名字一样散发着纯美和善意。如今，这本记录了碧玉年华的看见与感悟的美文集就要出版了。

作为嘉懿父母亲的朋友，我为嘉懿透过文字流淌出来的对世界正在萌发的爱与美的觉醒而庆幸和庆祝，更对嘉懿的父母产生了由衷的敬意。与中国当下一般的高中生的家长不同，他们没有将孩子的心思意念紧紧地捆绑在应试的独木桥上，因着他们的允许和支持，嘉懿得以踮起文学的足尖，把最灵敏最清醒的时光献于文字，而文字作为崇高智力的锻炼，也将带给这位青春女孩儿未来人生无尽的宝藏。

尽管是每周一篇课堂要求的小文，但因着对文字的喜爱和尊重，嘉懿写所思，思所写，文章言之有物，文字里有想象的空间和由内而生的美的表达。随手摘录几句，可领略小作者文思的灵动和韵律。

“图书馆像是世外桃源，总有新鲜的空气让里面变得热闹起来，只不过是思维的盛大宴会，并不吵闹，更不会令人讨厌，在里面的，不只是从各个门口进来的人，还有从窗户进来的阳光”（《被阳光吞掉的诗句》)；

“城市里其实是没有黑夜的，往远望，天上的月亮大致只有圆满时的一半，城里的月光显得暗淡许多”(《红豆》)；

“不再有狗存在的任何踪迹，最顶层，我的书包安安静静地躺在那里，就连地上的尘土也安安静静，不在空气中，也不在泥土里的位置放置着”(《名人堂》)；

“冬天如神仙下凡似的天气，总让你迷迷糊糊中，想要在脑袋里的水和面粉中加上那么一勺天马行空，突然在头顶碰撞出智慧的小火花，才能在冬天使自己快活起来”(《扼杀在胃里的周记》)。

这些文字好像被阳光翻晒过，饱满而活泼，但凡能写出这样文字的人，不论是少年还是成人，灵魂也必定是饱满而活泼的。我和嘉懿就她的写作有过一次交流，这是一次令我惊奇的谈话，我藉此走近了21世纪新生代跃动的精神，也由此对新的十年开启的未来有了更乐观的想象。以下是我们交谈的一些片段。

写有劲的东西，而不是命题作文

我：你的文章是班级的范文吗？

嘉懿：有的时候是，但有的时候写得太特立独行了，就当不了范文了。

我：太特立独行？

嘉懿：是，有时候如果按照老师的命题或者格式来写，内容就不会很有特点，但太有特点又当不了范文。

我：有特点比当范文更重要吗？

嘉懿：就是不想写没劲的东西，想写打动自己的东西，有些感觉如果不很快写下来，之后就忘了。

我：比如说，我看你写了电视剧《大江大河》的观后感，你觉得最打动你的是什么？

嘉懿：我看了电视剧，又把书看了，可能里面特别小的点也会打动我。比如主人公宋运辉想去考大学，但是他因为家庭成分不好去不成。他就一遍一遍地背《人民日报》，把当时应该有的规定讲给那些领导听。对这种很执着很想要去上大学的劲儿，特别感动。

我：你感动的是他执着呢还是他想上大学？

嘉懿：执着。

不循规蹈矩，也不随波逐流

我：我还看了你前面有一篇关于走出乡村去读书的文章，你就是觉得人读书很重要吗？

嘉懿：嗯！

我：为什么？

嘉懿：读书会开阔你的知识面，可以解释很多你平时解释不了的东西。

我：为什么要去解释那些解释不了的东西，有很多人什么都不知道就那样过着，那样可以吗？

嘉懿：我觉得就没有什么意义。

我：有意思和有意义，如果按照范本写你就觉得没有意思，没有意思意味着什么呢？

嘉懿：就是循规蹈矩、随波逐流。

我：你不喜欢随波逐流？

嘉懿：为了拿到高分而去讲出一些假话也特别的没有意思。

我：你觉得还有什么事是随波逐流的，比如《大江大河》里面，你觉得什么样的人是没有意义或者没有意思的？

嘉懿：可能就是那些古板的领导。

我：他们的哪个部分？

嘉懿：就是把所有人都定义成他原来理解的那个样子，不会对他们一些新的变化而产生自己对他们的改变。

我：他没有办法跟新的东西互动？

嘉懿：没法放下内心的成见，戴着有色眼镜去看别人。

我：那你为什么觉得这样的人是没有意思的呢？

嘉懿：因为他们的生活里可能只有自己，没有别人。

有别人才能有自己的生活

我：这种对话还真挺有意思。那你觉得生活里有别人很重要吗？

嘉懿：因为有别人才能组成自己的生活，你每天都在和别人去交流，别人也能给你带来帮助，你也能够给别人带来帮助。

我：就是有别人的世界才是一个真实的世界，是吗？看书对你了解别人有帮助吗？

嘉懿：电视剧为了把人物的主要形象突出，会显得很扁平化，就是某一个角色只有一个特点，但是书不一样，书里面的人物是特别立体的，有很多缺点，也有很多优点，就是它没有那种像什么主角光环一类的，但是电视剧可能就会夸大优点。

我：你认为书会比电视剧更加丰富，是吗？为什么了解一个人的丰富对你这么重要呢？

嘉懿：因为它可能也让我更丰富，更加了解自己不同的方面，因为书也是源于生活，它会有很多人物，是作者把周围的一些人组合起来写到书里，做一个代表，但你可能读着读着就能读出自己的影子。

我：书里面的人物是一面镜子，是吗？

嘉懿：嗯。

我：所以你觉得他人有一部分是有镜子的功能的，这也是你说的只有在他人的世界里面个人才会完整？

嘉懿：对，不光自己了解自己，可以通过其他人来了解自己。

关于有意思、有意志、有意义

我：那你觉得你喜欢的人是什么样子的？

嘉懿：自律的。

我：为什么自律这么重要呢？一般15岁，正是很放松自己的时候。

嘉懿：他对自己有严格要求，不管外界怎么改变，他自己都不会改变。

我：可以举个小例子吗？

嘉懿：比如说每天锻炼呀，看书呀，练字呀。

我：你会不会觉得对于年轻人来说，如果很自律，生活就无趣呢？

嘉懿：不会。

我：你觉得那种不自律的有趣，跟自律但是也很有趣，有什么区别吗？

嘉懿：那种不自律的有趣可能过几天就觉得无趣了，如果你每天都是想睡到几点就睡到几点，吃一些令人发胖的食品，可能在这个时候你觉得有趣，但后面比如长胖了啊，就会觉得无趣了，但你如果自律的话，会一直保持一种很积极向上的生活态度。

我：就可以一直有趣，是吗？你觉得自律的有趣是什么样子，自律的人是因为什么而会感觉有趣的呢？

嘉懿：他觉得每天都很充实，活得有意义。

我：那是意义感使人变得有趣吗？

嘉懿：是的。

我：你刚才说了自律，还有什么？

嘉懿：乐观。

我：为什么乐观很重要呢？

嘉懿：乐观了生活才能有快乐，快乐就继续想生活下去，才能发挥出人的价值。

我：发挥人的什么价值呢？

嘉懿：也许对于他自己本身来说，达到自己的一个目标，实现自己的理想，往大了说，比如对这个国家对这个社会产生一些贡献。

我：什么样的贡献呢？你觉得什么样的贡献是特别有价值的？

嘉懿：让这个社会变得更美好的贡献都是有价值的。

我：都是为了让社会变得更好。

我：我听到你好几次提到意义，为什么意义感对你特别重要呢？

嘉懿：因为人活着得有意义。

我：你旁边的小朋友，他们也是这样想的吗？

嘉懿：应该都会有这样的想法，只不过平时不会表达出来。

我：作家的眼睛会看到不一样的世界，最近你又写了些什么？

嘉懿：最近写了《此生必驾》，写和父母驾车从川藏去西藏的16天。

我：这16天你印象最深的是什么？

嘉懿：去之前会觉得这趟线路会遇到很多特别震撼的事情，去了之后发现比想象的还要震撼。

我：现实比想象还要精彩？

嘉懿：布达拉宫比我想象的大。

我：你是怎么感觉到它大呢，是远看还是走近的时候？

嘉懿：走近它的时候，我们逛了半天又从另一个门出来，才发现原来才逛了一小部分。

我：走近了看见什么了呢？

嘉懿：很多，比如建隧道献出生命永远留在那里的人，和经年累月念经的信徒，还看到很多的冰川和雪山，刚看到一座雪山就一直在拍，等到后面再看到了就不拍了，因为看到的太多了。

我：刚开始还是会拍它，但后来不拍了，你在做什么呢？

嘉懿：就是习以为常，觉得已经融入进去了。

我：当你把一个壮观的东西看得都很习以为常了，其实不知不觉中心就变大了，能容下那些大山大川。

我：那个地方的自然风光和别的地方不一样，人的一生都是在适应过程中度过，适应完这个地方适应那个地方。你现在特想追求的东西是什么？

嘉懿：特想找到我需要追求什么？

我：你在找吗？

嘉懿：也不一定专门去找，可能在生活的过程中就逐渐会理解，人努力为了什么。

教育家陶行知提出要启发孩子应有的感情，主要是追求真理的感情，合理的意志培养与正确的知识教育不能分开。陶行知强调“美”在教育中的角色，他说，美就是一步到位的道德。正当二八年华的嘉懿和她的同龄人，正是价值观和看世界的角度形成的关键期，正如嘉懿用文字记录的思索：“人类在名誉和本心面前，总是会去选择那个短时间内可以立竿见影、满足人欲望的选项。但往往在这个时候，人类就变成了傻子，永远没有他们制造出来的东西聪明。”

十六岁的天空，从大了说，少年智则国智，少年富则国富，少年强则国强。从个体的情绪智力发育成长而言，爱与美的觉醒是父母传承和赠予孩子的最富有的宝藏。就此而言，嘉懿是幸运的，可以用本书珍藏感恩特立独行的青春年华并以活泼的心灵和健康的体魄迎接一个更广阔的世界。

北京盛心阳光咨询有限公司联合创始人、董事长兼总经理　张捷

2020 年 7 月

序言 3

热爱的力量

因为放假，终于有了属于自己的平静时光，做自己喜欢做的事：削一个长满皱纹脸的苹果，将其和几枚桂圆干熬制在一起，放于冰箱，制成我的夏日特饮；将哈密瓜切成“贡多拉”形，等待朋友们来了享用；或许洗水果刀时，应该放点音乐……走神间，拉破了手指。不过没关系，内心是快乐的。

在此意境中收到嘉懿的邀请，来写这篇序言。沁凉的特饮，读着嘉懿用心码出的文字，用不很方便的手指敲击着键盘。热爱是一种力量，坚持与自主是这种力量的正解。

我时常想，师生在一定的时间空间推移中会互换角色。我曾陪伴童年的嘉懿度过两年的时光。那时候，嘉懿和同学们住校，闲暇时间除了读书就是写故事。一个同学心血来潮写了个开头，记得那是个发生在白鸽与热狗之间的故事，另一个同学拿去读，还回来时续着前一个故事又写上一段。就这样，故事被一个一个同学接力写了下去，传递到最后一个同学的那天也是故事结尾的那日，故事被命名为《都是热狗惹的祸》。

因为热爱，她随手记录素材写成随笔，后来成为了北京作家协会小作家分会的一名会员，并当选为理事。我武断地自夸：那时身为老师的我曾给嘉懿播下了一颗文学的种子。

几年过去了，看着嘉懿的成长，我要向她学习，她能做我的老师。

再次见到嘉懿是在北京作家协会小作家分会的科幻写作班上，个头170的女孩子显得越发出众。她依然沉稳、依然热情有礼，不同的是她对文字的热爱越陈越浓厚，对写作的热爱化作了一种力量，让她观察，教她思索，任她记录。

这种热爱的力量化作了自主的追求。是啊，当年一起每天动笔的同学们，不知道升入高年级后还在动笔的有哪些，进入中学后还在坚持记录的又有几人。对于中学生来讲，繁重的课业负担给足了孩子们理由，放下那只写作的笔，但是嘉懿没有！

因为热爱，她每周更文。因为写得多了，参加比赛并非刻意为之，而是拿来一篇上传，结果好成绩频频来报。热爱的力量使她在坚持中甘之如饴。哪怕是行走在川藏的路上，没有电脑也阻挡不了那份倾吐和记录，对文字的钟情和热爱像空气源源不断地给嘉懿供氧。

祝贺《梨花风起》的出版，欣赏着这些文字，像品着七年以上的白茶。白茶三年为药，七年为宝，嘉懿的文字既有茶的淡雅也有药用的价值，对于我、对于您；对于同龄人、对于这个社会……

北京小学教师　温爱丽

2020年7月

目录

红　豆

一

“哎呀呦喂，咿呀呦喂……”

飘荡在大山里的歌声空灵悦耳，每个音符都像一个温柔的吻，温暖着心脏最柔软的地方。山里多静啊，连白云飘过都要小心翼翼，流水淙淙、树枝摇曳，小鸟疾飞的声音都分外清晰，此时，都裹在小女孩清澈的嗓音里，什么也听不到。

一抹绿色跳跃在嶙峋的山石间，穿梭在竹林里，迈过清澈见底的小河，背着一竹篓砍好的柴火，像只百灵鸟飞回了寨子。

“阿嬷，红豆回来了。”

杂乱叠在一起的竹叶间缓缓露出清晰的一角——一座古朴却又很结实的吊脚楼慢慢浮现出来。一位耄耋之年的老人倚在门框上，手指间微微颤抖着。这是一位慈祥的老奶奶，头发梳得十分认真，没有一丝凌乱，即使头上已满是银丝般的白发，如严冬初雪落地。微微下陷的眼窝里，一双深褐色的眼眸，脸上条条皱纹，好像一波三折的往事全部记在这里。

女孩放下竹篓，稳稳地搀住老人上楼进了房间，脆生生说着：“您今天怎么下来了?”

没有应答声，只有轻轻的叹息飘荡在浑浊的空气里。红豆瞥见桌上的首饰盒，心头一紧，急急往楼下跑，就连脚踝绊在了门槛上也顾不上了。“姐姐!”略带哭腔的叫喊渐渐融化，消失不见。

二

山里的孩子一般是不上学的，一辈子都没能走出这片天，而女孩子到了十八岁就被家里安排出嫁了。因为红豆那张热气腾腾的县重点高中的录取通知书的出现，姐姐还没过十六岁生日，嫁妆就已经准备好了。

红豆是大山里第一个走出去的女娃娃，她到现在还记得奶奶为了让她能够上学，对着跪着的爸爸重重用拐杖敲击着几代人都没换过的木地板，红豆的心脏上好像被撒上了图钉，但噙在眼里的泪水却硬是没有流下来。

红豆从姐姐那里回到了奶奶房间，轻轻拿起桌上的茶壶放在炉子上，炙热的火苗在壶底燃烧着。红豆依偎在奶奶温暖的臂弯里，一双细长而又粗糙的大手温柔地抚摸着她的长发，轻柔的声音很舒服地流入她的耳朵里。

“妹妹是阿妈的骄傲呢。”

徐徐从茶壶嘴冒出的白烟，沿着窗外大山的轮廓慢慢暗淡下去，红豆用手去提茶壶，可壶嘴那难耐的温度让她下意识地缩回了手，轻轻揉了揉耳垂。

三

一个下着雨的夜，雨丝很细，很绵，像是春天空中飘浮的柳絮，丝丝缕缕缠绵不断，像是无数蚕娘吐出的银丝，千万条细丝，荡漾在半空中，如醉迷漫漫的轻纱，披在了静谧的大山上。

漆黑的天却总有那么几盏灯，指引归乡的路，而最亮那盏，总在心底。“姐姐，你真的好漂亮呢。”红豆托着下巴坐在梳妆台前，两条腿前后摆着，看着姐姐用纤细的手指一点一点拂过穿上阿嬷用红色和金色丝线一针一线亲手做好的嫁衣，银制的首饰戴在姐姐身上熠熠发光，晃一晃发出泉水般叮咚作响的声音，浓密而乌黑发亮的长发被雕刻成凤凰模样的一只银簪盘起别住。红豆静静地望着镜子里姐姐好看的脸，她恍惚间想到了从出生起便未见过的母亲，她想，应该就是这副模样吧。

“姐姐，你说城里是什么样子的啊。”

“姐姐，初中的个别知识我有些还不明白，去城里上高中会不会跟不上啊?”

“姐姐，你再教教我吧。”

……

姐姐，姐姐。好像一句口头禅，时时刻刻挂在红豆的嘴边。而姐姐每次听到了都会莞尔一笑，用手指尖点一下她的鼻尖，温柔地听着她讲着好似说不完的话。

四

大山的日落总是很早，仿佛每天的时间都过得很快。姐姐出嫁的日子也来临了，而这天也是红豆要离开大山的日子。好像还没离开，就已经开始想家了呢。大山里有她的温暖记忆：慈祥的奶奶，严厉的爸爸，姐姐温柔的指尖停在鼻尖的温度，竹林里清新雨水的味道，吊脚楼吱呀作响的门板……

婚礼的喜庆气氛仿佛渲染了每个角落，连飞过的鸟儿和天上飘过的云朵都想在这欢快的地方多停留一下。而在红盖头下的几滴泪水，阿嬷脸上淡淡的悲伤，家里人轻轻地谈起她时又很快变得沉默，满满的心事充斥着房间，几乎要把所有和红豆有关的快乐都吞噬掉。

“我走了，你们都要好好的。”红豆逆着涌动的人潮向外走去，好像自己只是去上山砍柴，或是偷偷溜到集市上买几毛钱的粽子糖。她背上竹篓，走在那条熟悉得不能再熟悉的小路，可那肆意飞扬的时光里轻快的步子，却沉重了很多。她突然停下来，静静听着远处热闹的声音，是姐姐婚礼开始了吧，姐姐一定会幸福的。

她突然有点想哭，或是觉得现在应该哭了，便发了疯似地一路跑下去。风放肆地吹在她的脸上，让泪水和空气里水气浑浊在一起——她终于有机会到城里去上学，她知道这背后是什么，但她不敢想。

“想家了，就再回来吧。”姐姐温柔的声音仿佛就在身边，手指关节滑过自己鼻尖的温度犹在。

“红豆呢？红豆呢？”婚礼刚结束，姐姐一脸失望地斜靠在门框上，眼睛漫无目的地望着山的那一边。那一边会是什么样子，天是不是也这么蓝，会不会也有大片的竹子、清澈的小溪？那条下山的小路，昨天刚下过一场干净的小雨，泥泞的路上还有着最熟悉的一个个小脚印，记得红豆走时穿的还是她亲手绣的小花鞋，姐姐嘴角扬起了一个很好看的弧度，又渐渐模糊在一层水雾中。

五

红豆站在了马路上，面前的车，面前的人都从未出现过，一种从未有过的迷茫也浮上心头。连做梦都不敢梦到的那些场景都变得清晰起来。

风很大，也很凉。但手里紧攥着新学校地址的红豆却感觉到手心在冒着汗，慢慢浸湿那张可怜的纸条，慢慢融化那几个字的笔画，使他们分离、重组，渐渐逃离在手心里。

她慌乱着张开小手，“啊！”不禁叫出了声，纸条消失在风里。红豆彻底慌了，风吹过她松散的发丝，她顿时像掉进了冰窖里，从心底凉到了脚尖。

一个岔路口就在面前，是往左拐还是右拐，她心里打起了鼓，鼻头一酸马上就要哭出来了，心里闪过一个念头：回去吧。

但这个念头很快被打消了，大山外的天也是一种很透彻的蓝，这里的楼房和汽车都很好看，她好像瞬间就喜欢上了这里，怎么能就这么回去了呢。这条路是去往县城的必经之路，车还是有几辆的，红豆放下竹篓坐在路旁，一边吹着欢快的小调，一边摆弄着竹篓边上忘记剪掉的一根竹条，等待着有去往学校的车路过这里。“吱呀吱呀”一辆像铁皮盒子一样的面包车发出沙哑的鸣笛声，这是山下最流行的公共交通工具了，在红豆的记忆里，她是坐过面包车的，虽然不记得是什么时候，但很确定一定坐过。

她看着破旧的面包车缓缓在她边上停下，在已经出现很明显的裂痕的前挡风玻璃里夹着一张纸：山底至县城。红豆眼前一亮兴奋地一把抓起竹篓跳上了车。一个破烂的纸盒子映入眼帘，“一次五毛”，传来了司机不耐烦的声音。红豆很舍不得地从裤子的兜里摸出一个硬币，放进纸盒子前还好好欣赏了一番，上面有一道划痕，这是姐姐昨天晚上硬塞到红豆兜里的，上面还留存着丝丝暖意。

六

车开了，她摇摇晃晃地走到了车的最后面。车好像很老了，红豆好奇地环顾四周。顶部被油布纸补了一遍又一遍，因为窗外透进来的风而发出了“噗啦噗啦”噪音；但其实整辆车上只有三四扇完整的窗户，其他的都是一个空空的铁框子；座椅很硬，也是铁制的，稍微动一下就会发出“咯吱咯吱”的声音。

她一个人坐在最后一排，转头望着刚刚下山的地方，心里像被什么东西堵住了似的，不知道是有点晕车还是什么的，反正就是有些难受。随着车开得快了起来，车尾排出了滚滚尾气，夹杂着黄土路被车轱辘翻起的尘土，那个她迫切想再看一眼的地方渐渐模糊了，离家越来越远，现在想回也回不去了，像心里突然少了什么很重要很重要的东西，却再也找不到了……

恍惚中，写着“县一中”牌子的大门口映入眼帘，红豆几乎是没过脑子就喊了出来：“师傅麻烦停车，我到站啦！”

当红豆终于找到寝室安顿下来时已经是傍晚了。她坐在寝室的窗户前，望着慢慢消失在地平线上的太阳，大山的影子若隐若现地出现在她的眼前，红豆揉揉疲惫了一天的眼睛，大山也消失了。

她叹了口气想着：姐姐应该也在看夕阳吧。山里看到的太阳一定是完整的，像新鲜的鸡蛋黄那样。城里有太多高楼大厦，车水马龙日夜不息地喧闹着，让她不能看清楚远处山的样子，对家的思念也随着外面越来越黑而逐渐变得浓烈了。

城市里其实是没有黑夜的，往远望，天上的月亮大致只有圆满时的一半，城里的月光显得暗淡许多。站在宿舍楼上往远处的公路看去，霓虹灯一闪一闪的，像在大山里姐姐深夜为她织小花鞋时点燃的烛火，让红豆心里感到一种莫名的怀念的难过。

七

“县一中第十四届开学典礼现在开始！你们从此刻开始，便成为了你们父母的骄傲，成为了学校的骄傲……”红豆为期三年的高中生活也在校长激情飞扬的开场白中拉开帷幕。

学校的生活虽说新奇但仍是平淡的，红豆每天都很努力。努力学习，努力与同学处好关系，努力尽快融入城市里的飞快的节奏。但在红豆心底最怀念的还是大山里的一切。即使每天充实的生活和繁重的学业有时会压得她喘不过气来，但晚上头沾到枕头上时，闭上眼睛，脑子里想的就都是大山里的一切。天空中一群飞鸟突然唰唰地飞过去，翅膀交叠的声音响彻天空。

又是一天，一切都按照原样发生，阳光的角度，空气的味道都未曾改变。教室门口突然有个人在叫她，“红豆，你的信。”哦？谁还会给我写信？她心里正纳闷，看到信封的落款上写着姐姐的名字，红豆又兴奋又有些发懵，也不关心信封是否保存完好就迫不及待地撕开来。

看完，心跳落了几拍，原地愣了几秒，“奶奶，奶奶……”她狂奔出学校，双脚迈出校门的时候身后的影子仿佛被割裂开，身躯继续向前，墨般漆黑的影子留在原地。

那封信慢慢飘落在一片尘土飞扬中。红豆像在梦境里奔跑，她面无表情，可泪水却毫不遮拦地涌出，悲伤的情绪从心底缓慢地扩散出来，像是一滴墨水滴进水里，然后慢慢地，慢慢地，把一杯水彻底染成了黑色。

八

她恍惚走回了那条熟悉却又陌生的小路，那条小路被铺上了沥青，格外平整，红豆想要看清，但眼睛完全模糊了。

天空中只剩下彻底的纯粹的蓝色，张狂地渲染在头顶上方。红豆终于又一次站在了寨子前，她拼了命地寻找着奶奶迎接她时慈祥的笑容，她垂下眼眸，世界变得沉寂。

依然是那个古朴而又结实的吊脚楼，一个虚影出现在她面前。红豆揉了揉哭了太久而红肿的眼睛，是姐姐，那个她日思夜想的姐姐。她愣愣地站在那里，感觉面前的是姐姐，但又不像，眨几下眼睛，又像妈妈，和梦里一样的柔和，再眨几下，是姐姐，不会错的。她按捺不住心中重逢的百感交集，终于，热泪又蒙住了双眼。她不知道姐姐是走过来还是跑过来的，她不知道姐姐是怎么把她搂进怀里的，她把头埋在姐姐温暖的胸脯前，感受着那久违的温度慢慢填补上她空荡荡的心房。

“奶奶，我想再看看奶奶……”

红豆哽咽起来……

姐姐用手抚摸着她的长发，让她慢慢平静下来，红豆有一种错觉，像奶奶。

大山里又传来了熟悉的山歌，还是那么嘹亮，空灵悦耳。

“哎呀呦喂，咿呀呦喂……”

名人堂

“橘，你说如果那天我们没有上去，这个秘密是不是永远不会被发现了。”

“一定会被发现的。”

她给我一个肯定的微笑。

我们继续躺在操场的草坪上，仰头看着天上的飞鸟带走静止的白云，留下清澈的蓝色天空。

阳光下的树荫像黏稠的墨汁一样缓慢地渗透进窗户里，交织着空气中无法摆脱的懒散氛围，每个坐在课桌前埋头的身影脑瓜顶上都仿佛飞着一只调皮的瞌睡虫，嗡嗡地响个不停。三，二，一，四点五十零一秒，欢快的下课铃打破了瞌睡虫的美梦，唤醒了仿佛沉寂了一个世纪的校园。“走啊，登高去。”话音未落，我已经被一只看似白皙娇嫩却有着巨大力气的手拽了起来——是橘，每天像我的尾巴一样和我黏在一起的女孩子，我被她拖出教室，感受到鼻子里沁入了一丝新鲜空气。不过是古时候重阳节流传下来的习俗，何必这么兴师动众。

在北校最高的楼门口，再一次瞥见了那晃晃悠悠在夕阳下踱步的狗影。据说校园里只有一条狗——校长家的。据已经毕业了的学哥学姐的不可靠传言，看见校长家的狗一定没啥好事。当然，我从来不相信这些鬼话，都是骗小孩子的罢了。幽幽的一阵凉风吹过后脖颈，不禁打了个寒战。“发啥呆啊，赶紧走了……还赶着去食堂吃饭呢。”橘一边梳着头发一边喊我，因为嘴上叼着皮筋，说出来的话未免有些含糊不清。我下意识点了点头，当作回应。无意中看了眼手机上的时间：四点五十，莫不是手机坏掉了，一阵郁闷。

不管了。随着太阳的西落，我们俩向上爬去。

楼梯比教学楼的要窄得多，像是很久之前的临时楼梯，不时地发出“嘎吱嘎吱”的声音。虽然已是十月下旬的秋，但越高层却越暖和起来，而楼梯发出的声音也逐渐被一种机器发出的嗡嗡声遮盖得不留一丝痕迹。楼梯旁边是好久没擦过的落地窗，因为有灰尘的缘故，一缕缕阳光射进来的角度变得有些奇怪，倒像是硬挤进来想要寻求一点温暖。越往上走，射进来的阳光愈少，楼梯一点点被黑色吞噬掉，和橘今天新换上的黑色风衣融为一体。她走在前面的身影突然停了下来，我随之抬起了头，到顶了。

刚好赶上日落的盛景，我和橘都不禁激动起来，也许是埋藏了很久的少女心在此刻终于找到了合适的地方完全释放出来。当落地窗整个被映成红、紫、黄交织出来的好看颜色时，自然不会有人去关注身后是否有一条狗也在赏景。这可能是除了考试挂科以外，最可怕的事情了——以至于我俩的尖叫声震碎了一块楼道里的玻璃。不过，我比她镇定那么一点点，扔下书包，拉着橘往下跑，留下一个发懵的狗脸和一地无辜的碎玻璃。直到跑下楼梯，才敢大口呼吸。

“啊！”还是橘具有强大杀伤力的标志性尖叫——她还没能从刚才噩梦般的经历中缓过劲来，一个劲的晃脑袋——像是想把什么不好的东西统统甩下去。锁门的大叔甩着一大串钥匙迈着四方步款款走来，冲着我们两个跟丢了魂似的皮囊投来一个鄙夷的目光。当钥匙插进锁孔发出第一声金属碰撞的声音的时候，我还是使出了剩下的所有力气向门口喊去：“我的书包落在里面了。”橘扯扯我的袖子，表示今天不想再上去了，我再一次握紧她凉得跟从冰水里捞出来一样的手，把她拽上了楼梯。“赶紧下来啊，我还等着下班呢。”

上楼梯的那一部分已经完全被秋天的风吹散在了我的记忆里。落地窗外面被黑色吞噬掉了一大半，而楼道里却隐隐的亮堂起来，有点像牙科诊所里刺眼的照明灯，没有一丝温度地沾染着楼梯的边缘。不再有狗存在的任何踪迹，最顶层，我的书包安安静静地躺在那里，就连地上的尘土也安安静静，不在空气中，也不在泥土里的位置放置着。我感受到橘在我身上靠着的部位越来越轻。“你快看，那里有人。”她颤颤巍巍的声音在距离我一米左右的地方响起。我拎起书包，随着她的视线望过去。

在微弱的灯光里，不知是人是鬼的许多身影仿佛在游荡，在交谈，在做着平时应该做的事情，那些人好像我在哪见过，但看不太清，再贴近一点，瞬间，我没了知觉。

迷迷瞪瞪中好像进入到了另一个世界，身体轻飘飘的，比刚刚舒服了一点，仿佛是美国大片里的场景，被人拖进了一间屋子，那人小心翼翼地把门关上但是没有发出一点声音。“我会被暗杀了吗，还是植入芯片，代表地球去见外星人。”我暗暗想着。突然有人用冰凉的皮肤碰到了我的脸，我不禁抖动。“何方神圣，报上名来。”一不做二不休，我喊了出来，并睁开一只眼睛的一条缝隙感受着空气里可疑的气息——对上了橘的大眼睛里映出的自己。我像触了电一般弹开，刚想叫出声来就被橘捂住了嘴。“嘘，别出声。”

我连忙点头，环顾四周。因为封闭了喉咙的感官系统，所以视力变得格外的好，这个地方显得复古，甚至想象不到是在学校里面，一间破旧而干净的房间，四周的墙壁上挂着知名的油画——这难不成是学校新建的艺术展览？就当我想要伸手触碰的时候却发现，画以及房间里的所有东西，除了橘，我都完全触碰不到。我居然拥有了隐身的能力，这一切发生得太过不可思议，像做梦一样。

“橘。橘?”我回过神叫她。

见她没应答我转头看她，橘趴在门上，从猫眼里眼巴巴往外瞅。

“你看，”我把手贴在触碰不到的门板上，“我们隐身了。”我们俩相视一笑，因为紧张而僵硬的四肢也松弛下来，凝固着的空气也慢慢变得轻松起来——毕竟是十几岁的孩子。在好奇心的驱使下，橘拉着我走了出去。

不是二十一世纪的模样，我敢肯定。

楼道里的灯光很昏暗，在天花板上悬挂着的吊灯因为一间屋子剧烈的晃动而摇摇欲坠，一些零零碎碎的墙皮从上面掉下来，把橘乌黑的头发染得一块白一块灰，她迅速上蹿下跳甩着头发，翻了一个实实在在的白眼。而另一边是因为站偏了而毫发未损、看到她笑得满地打滚的我。“你，再笑，我，把你，扔出去。”我看到橘在给我打手势，眼睛瞪得溜圆，只好一脸赔笑帮她把头发上的碎片抖在地上——又是一阵颠簸。

橘把我的手停住，仔细地听着这不大对劲的动静。“咣当!”一声，一个男子的身影几乎是砸出了一间靠里的房间的门。他一脸窘迫的样子，呼噜了几下被烧焦似的头发从地上爬起来。“嗨，老伙计爱迪生，你又怎么了?”“我在搞我的新发明呢，别打扰我!”那居然是爱迪生和特斯拉，他们好像并没有传说中的关系焦灼。感觉像是做梦，不，这不是梦，胳膊上的肉早已经被掐得红肿，疼得龇牙咧嘴，这是天马行空。旁边的橘早已把嘴张得很大，下巴都快要掉下去了。仿佛是一幕开场白，一切神奇的景象才刚刚开始：环顾四周，在脚边蹭着闹着打着滚的是薛定谔的猫，楼道里飞着的是麦克斯韦妖，地上爬的是“你永远也追不上的”芝诺乌龟；耳边一会儿是“幸甚至哉”，一会儿又变成了“在苍茫的大海上，一只海燕在高傲的飞翔……”

揭开眼前的一层层迷雾，世界逐渐变得清晰起来。而混乱的时空却在合适的位置变得顺理成章。

一串急切的叫门声，一个看起来滑稽的娘娘腔，一位身着黑色斗篷的绅士。怎么说他们也不应该出现在学校里最高层的地方——这里还是学校，我差一点忘记。两个人推门进来，楼道里瞬间变得安安静静，我拉着橘，不禁往后退去，在门关上的上一秒，我看清了那个娘娘腔的脸——是校长的司机，旁边那个人一定是校长了。

北校，除了我们从没收到过录取通知书和从来没见过校长的真容以外，看上去还是个正常的市重点。而学校最闻名遐迩的便是独一无二的授课方式，利用先进的 AR 技术将定理的提出者，文章的作者，新事物的发现者、发明者都立体地出现在学生面前，并输入课本的知识点，代替老师进行授课。这个巨大突破被区教委夸得天花乱坠，以至于这个想法的设计者兼实施者晋升为校长的司机，成为了学校里轰动一时的大事。

“那个娘娘腔怎么来了，难不成这些人是他晋升为校长的又一利器?”话音未落，我的拳头已经敲在了橘的头上。“闭嘴，安静点。”我和橘趴在门上，静静听着门外发生的动静。

“到底是怎么回事?”黑斗篷的声音仿佛是零下 50 度的冰，寒冷而不带有一丝保留地插进听者的心脏里。“只是技术上的失误，技术上的失误。只要稍微改一个程序就能恢复如初，绝不会影响这周的公开课的。”娘娘腔点头哈腰，总算是打发走了黑斗篷，一个人留了下来。

“哪那么容易啊，管理码的丢失导致的不可逆的数据错乱，那些独立的 ID 逐渐开始构建自己的思维网络，根本不受我的控制。幸好上一次公开课之后把总控搬回了这里，不然指不定又闹出什么乱子呢。校长也真是的，非要搞什么‘与名人面对面’学术论坛，还夸下海口，这要是弄砸了，非得名誉扫地……”

娘娘腔一个人叨叨了许久，我们两个也听了许久。

人类在名誉和本心面前，总是会去选择那个短时间内可以立竿见影、满足人的欲望的选项。但往往在这个时候，人类就变成了傻子，永远没有他们制造出来的东西聪明。

“出来吧，两个小家伙。听我说这么久也不觉得烦。”门不经意间被推开，橘整个人跌了出去，差一点就碰洒了娘娘腔手中保温壶里的枸杞，一个急刹车靠在了我怀里。拽了拽衣服，乖乖站在门口低下头，等着他对我们发问。他咧嘴一笑，“走，带你们见识见识。”倒是自来熟。

那是一间很大很大的总控室，像极了保安处的监控，学校里的每一个角落都尽收眼底。而在这里看到他们不用带 AR 眼镜，却看到了他们的另一面。上完课的“老师”在同学们的眼镜被收上去之后便到处在学校里胡作非为，肆意做他们想做的事，破坏公物，甚至是偷窃。果不其然最高层已然成为了学校的第二个库房。而系统已经失去控制，被惩罚的却是无辜的孩子们，校长因为自己的面子而把那些技术当成宝，即使校长热线被打爆也不愿意改变这种制度，但如果这样下去，公开课一定会让区教委的人啼笑皆非的。

娘娘腔把脸转了过去，不去直视我们的眼睛。我感觉到屋子里变得温暖，却融进了眼泪的酸涩和沉淀下来的无奈。“可以把系统黑掉吗?”橘安静了半晌，又开始热闹起来。“如果真的没有办法了，可以试一试。”他轻轻用手抚摸着键盘，脑海里回想着当初的年少轻狂——他和黑斗篷都毕业于北校，宛如铜墙铁壁。在那个枯燥的上学时代，枯燥的书本，枯燥的老师，枯燥得只能通过印在书本上的名人照片打趣。而当时桀骜不驯的他们有了后来的想法，单纯而真实，像透亮的蓝天，凉爽的秋风。

一滴清澈的泪水落在键盘上，门口那些人嘈杂的声音盖过了娘娘腔的呼吸声。“黑了它。”指尖在键盘上跳着欢快的舞蹈，我和橘在一旁看得入神，不过几分钟的时间，门外便安静了下来。一阵如小孩子般的哭闹声接踵而至，娘娘腔居然在总控室哇哇大哭起来，比他进门时显得更加滑稽。“我们快溜!”橘拉着我飞奔下楼，还没忘记抄上我的书包。

周五的公开课照常进行。

“同学们好。”

“老师好。”

学校雪藏的特级教师莞尔一笑，“请大家打开书的第 10 页。”

娃娃机的秘密

在繁华的大都市 M 城里，有一条灯火通明的商业街，这里高楼林立，街道上车水马龙。熙来攘往的人群像潮水，霓虹刺眼，灯光恍惚，亦幻亦真。

一阵不合群的冷风刮来，一个六七岁模样的小乞丐出现在了小道的岔路口。他在街上漫无目的地走着，双眼无神却被一台发着光的机器吸引了过去——一台装满了毛茸茸的绣着圆溜溜黑眼睛的泰迪熊的机器。

这是街上的一家复古的小店门口放置着的娃娃机。每天娃娃机前都会吸引许多小孩子，或是驻足观看，或是向家长要来钱买了游戏币，兴奋地去抓娃娃。当摁下按钮的那一刻，娃娃机的爪子缓缓移动，缓缓下落，抓起娃娃。在那一刻，可能是孩子们最幸福的时候了吧。

小乞丐偷偷躲在一群孩子身后投来羡慕的目光，他多希望自己能用一下娃娃机，得到一只属于自己的泰迪熊。但这对于他来说是一种奢望，就连街上的小混混也不会正眼看他一眼，更别说会有人施舍一些钱给他。

夜深了，旁边教堂的钟声响了十二下，娃娃机前的孩子们也被父母陆陆续续生拉硬拽回了家，小店的门已关闭，被店主挂上了打烊的牌子，整条街也只剩下了零零星星几盏灯。

小店老板兴许忙了一天太累了，关门时忘记拔掉娃娃机的插销，因此娃娃机还在黑夜里闪烁着微弱的光。小乞丐颤颤巍巍地从街边电线杆旁边溜了出来，见周围已无一人，第一次用他脏兮兮的小手哆哆嗦嗦地触碰到了娃娃机的按钮。刹那间，内心充斥着一种满足感，像是触了电，之后便没了知觉。但也许唯一在乎他死活的只剩下城管了。

娃娃机里从此多了个小鬼。

小鬼从不露面，只是把他的小手变成了娃娃机的小爪子，制造出属于孩子们的小幸福是他的一大乐事，可他自己却从未体验过幸福是什么感觉。

但小鬼毕竟是个孩子，淘气，顽皮，还有点小贪心。遇到不乖的小朋友就会把爪子弄得松垮垮的，不让娃娃被抓出来。小鬼还等着用游戏币去换糖吃呢。

又是一个一样热闹的夜晚，M 城向来晚上比白天要热闹许多。这下小鬼可开心了，果不其然，娃娃机前面又围满了小孩子。“都给我起来，今天让你们见识见识什么是技术。”一个小胖子从人墙外很艰难地挤进去，他那一脸隆起的肥肉中，生着一双小眼睛，活像面团被调皮的孩子嵌上了两个小煤球。

好不容易挤到娃娃机面前，占据了一个他刚好不用侧身也可以触碰到娃娃机的有利位置，他的两只手就牢牢握住了摇杆，准备开始。他的拳头握起来就是两个雪白的大馒头，稍一使劲，感觉快要把摇杆拔下来了似的。身后竟然还跟着一群小跟班，可能是他的同学吧。“老板，先来两盒币。”小鬼按捺不住不由得激动地晃了晃爪子，原来这是个土豪公子哥啊，正想着听见有人说：“胖子，别挤娃娃机了，爪子都被你弄晃了。”

投进两个币，把摇杆摇向右边，对准一只泰迪熊，用力摁下按钮。小鬼不慌不忙地把爪子伸向泰迪熊，卡住熊的脖子，把熊轻而易举地拎了起来。那个胖胖的男孩眼睛里满是欣喜和激动，却多了一丝小鬼不愿意看到的对他人的轻蔑。“好啊，小胖子，敢瞧不起别人，我这就灭灭你的威风。”小鬼一松爪，玩具熊不偏不倚掉到了原先的位置。

又投进两个币，还是把摇杆摇向右边，依旧是对准那只泰迪熊。这次，胖子开始奋力摇晃小鬼的爪子，之后用了几乎两倍的力气摁下了按钮。“好啊，小胖子，换方法了，把我爪子都弄疼了，看我怎么收拾你。”小鬼先不着急松爪，而是往洞口缓缓移动。胖子喉咙里发出一种由于激动而显得怪异的声音，马上到洞口正上方了。“只要不出意外，我保证这次能抓上来。”可惜，小鬼就喜欢意外，很及时地松了爪。胖子的脸变得阴沉，他挠挠头，用攥紧的拳头打向娃娃机柜，手却被弹回来，他痛得张了张嘴说不出话来。只见小鬼的爪子又摇了一摇，他开始心软了。

“胖子，别倔了，认输吧。”而胖子并不理会，再次投进两个币，把摇杆摇向右边，对准泰迪熊，摁下按钮，手做出祈祷的动作。小鬼乖乖把爪子卡在了熊的身子上，熊也乖乖掉出了洞。胖子激动地上蹦下跳，和兄弟们紧紧抱在了一起。“胖子威武！”

一行人离开小店，穿梭在车水马龙中，他手里抛掷着刚刚玩剩下的两个游戏币。当硬币抛起时在空中打着滚，正反两面连续地反射着皎洁的月光，反射着熙熙攘攘的行人的影子，之后很乖巧地落回了他的手里。“给点钱吧，给点钱吧。”随着硬币的掉落，耳边传来了乞丐的声音，转头一看竟是位和他差不多大年纪的小男孩，胖子也没多想，随手把两枚游戏币扔给了小男孩，之后扬长而去。

男孩像得到了什么绝世珍宝，揣在口袋里怕丢了，攥在手里怕化了，跌跌撞撞狂奔到小店门口，小心翼翼地把两枚汗津津的游戏币颤抖地投进娃娃机里，学着之前自己偷偷看过的操作步骤摆弄着。

小鬼的爪子这次却没有晃动起来，他静静地盯着男孩，男孩也静静地盯着娃娃机，好像是在和一个久违的老朋友会面似的。夜很静，静到只能听见男孩的心跳和机器发出的嗡嗡声。男孩眼巴巴直勾勾瞅着那只可爱的泰迪熊，之后他摇动摇杆，找准位置，摁下按钮。小鬼这次没有耍花招，缓缓把爪子伸下去，轻轻抓起泰迪熊，慢慢移到洞口，泰迪熊

“咕噜咕噜”掉了出来。

男孩把熊拿起，举到和视线平行的位置，把熊贴在自己的脸上，眼睛里闪出一种从未有过的满足，他从未感受过世界原来如此的幸福。抱紧熊，转身要走，却又回过头对着娃娃机一笑，挥了挥手。

娃娃机刚关上的操作灯也随之亮了起来，小鬼欢快地摇了摇他的小爪子，这原来就是真正的快乐。

每个人的幸福就像是星星，你不一定总是能见到它们，但你知道，它们会一直在那里。

我才没有想你呢

猫和狗天生不和。果不其然，阿猫和阿狗虽每天生活在同一个屋檐下，但阿猫对阿狗的态度却依旧是冷冰冰的。“阿猫你吃小鱼干吗，我去给你拿。”“今天天气真好，阿猫你要不要出去晒晒太阳，我可以陪你去。”“阿猫，我们一起去把主人的皮球捡回来吧。”可阿狗得到的回复总是阿猫的一个白眼。但他并不放弃，而且还乐此不疲。

太阳公公已经溜下了山，阿猫卧在温暖窝里，阿狗却在一边欢快地跑跳着，摇着尾巴，玩着他心爱的皮球。一个手滑，皮球“咕噜噜”跑进了阿猫的窝里。当然，也打扰到了刚刚合上眼的阿猫。她睁开眼，瞳孔里好像燃烧着怒火，弓起背，喉咙里发出沉闷的吼声。阿狗灰溜溜地叼起球溜回了窝。夜又静了下来，天上漫天繁星闪烁着，一眨一眨，明天又是个好天气。

早上，本应该是被主人做早餐的声音叫醒的阿猫却被砸得从美梦中惊醒。好嘛，又是那个球。紧接着是一连串的跑步的声音。阿猫心想，我只要装睡，这只傻狗就不敢打扰我。可没承想，阿狗轻轻用爪子拍了一下阿猫的脊背，嘴里叼着球，眼睛里闪烁着期待的光芒。喵的，居然敢吵醒我，把球拍走他应该就会走了吧。困意压制着阿猫内心的愤怒，球咕噜噜地滚走了，阿狗也从阿猫的视野里消失了。

又是刚刚闭上眼，又是那个球和那只傻狗。阿猫再也忍不住，叼起球跑出了窝。阿狗兴冲冲跟了出来，这可是阿猫第一次愿意跟他出来玩啊。家门口传来了一阵汽车发动机轰隆隆的声音，一辆卡车“咯吱”一声停在了院子里。阿猫心生一计，轻盈地跳上卡车裸露在外面的后备厢，把皮球丢了进去，自己又轻盈地跳了出来。“傻狗，去追你的球吧。”

阿狗走的第四天，他的窝已被弄得很平整，平时是从未有过的。记得之前的每个晚上睡觉前，阿猫都会钻进阿狗的窝里和他挤在一起，因为这样会很暖和，听着他均匀和平淡的呼吸，自己也会睡得很安心。今天晚上，她第一次失眠了：我是要准备抓老鼠的，我才没有想他。

第六天阿猫终于沉不住气了，耳边少了他的声音，还真是有些不习惯，即使她之前很不喜欢这种声音。我才没有想他！我只是怕主人担心他，我是替主人去找他的。阿猫还是嘴硬。

她来到院子里，问问爱八卦的阿黄，她叽哩咕噜说了一大堆。“什么？你问阿狗啊，那我可不知道。唉，你问他干嘛？”阿猫没有答话，继续往前走。她又问问每天蹲在岔路口的小花，小花正摆弄着自己漂亮的尾巴，一边梳理着毛发，一边漫不经心地说：“你说阿狗啊，他之前下雪的时候都会来院子里玩的。我都好几天没有见到他了，到还是有点想他，你看都立春了……”阿猫低着头，心里像有心事似的漫无目的地走着，这只傻狗到底去哪了。

她不知不觉走到了垃圾堆那里，一声狗吠打破了她的思绪。“阿狗？”“我才不是你的什么阿狗，但你闯入了我的地盘，怎么办吧？”站在阿猫前面的是院中一霸，一只比阿猫大了差不多好几倍的大狗。阿猫想都没想转身往回跑，边跑边想，之前遇到欺负自己的大狗是都是阿狗为自己挡住的，快跑，我还要留着这条小命好好教训那只傻狗呢。

她气喘吁吁地在家门口停下来，低着头感觉喉咙酸酸的，自己莫不是要哭出来了吧。正想着，一个脏兮兮的皮球滚到了阿猫的爪子旁边。咦，这不是阿狗的皮球吗？她抬起头，阿狗脏兮兮的脸已经贴了上来。

“走开啦，我才没有想你呢。”

可我真的想你了

狗和猫天生不和。

可也有例外，比如，阿狗。

“阿猫你吃小鱼干吗？我去给你拿。”“今天天气真好，阿猫你要不要出去晒晒太阳，我可以陪你去哦。”“阿猫我们一起去把主人的皮球捡回来吧。”然后他就收到了这一天的第三个白眼。但他并不放弃，而且还乐此不疲。

太阳公公已经溜下了山，屋里的火炉映着红色的火光照在阿狗金黄色的毛上，屋子里暖洋洋的，昏暗的光显得格外温馨。一整天都在阿猫身边团团转的他见阿猫已然卧在温暖的窝里，便叼起他心爱的皮球在火炉边玩弄着，时不时透过爪子瞟一下睡得正香的阿猫。她纯白的毛上映着舞动的火光，均匀的呼吸，起伏的软软的肚皮，让阿狗看得入迷。嘴上的肌肉也慢慢松弛下来，皮球便“咕噜噜”跑进了阿猫的窝里。

这下好了。阿猫的瞳孔里燃烧着怒火，映在了和她面对面的阿狗的瞳孔里，仿佛就在他们靠近的那一瞬间火花四射。紧接着下一秒，阿猫弓起背，喉咙里发出沉闷的吼声，阿狗便灰溜溜地叼起球溜回了窝。

夜又静了下来，天上闪烁着漫天繁星。一眨一眨，明天又是个好天气。

当清晨的第一缕阳光从门缝中窜进屋子，把阿狗的脸庞照得阴一片阳一片。他睁开了双眼，望向还在熟睡的阿猫，叼起球，凑了过去。球一次次被故意丢进阿猫的窝里，又一次次被丢出来，阿狗是多么希望阿猫能陪他出去玩一次啊。终于，他的眼睛再一次对视上瞳孔里燃烧着的怒火，阿猫叼起球跑了出去。

幸福来得太快，像龙卷风一样吹着阿狗追了出去。

家门口传来了一阵汽车发动机轰隆隆的声音，吵着阿狗的耳膜使他有些烦，再加上直往鼻子里窜的汽车尾气难闻的气味，他恨不得跑回屋子关紧门窗。但阿猫好像丝毫不在乎，还乖巧地蹲在卡车边上等它停稳。阿狗在阿猫身前身后跳着蹦着，飞起来的金色的毛轻轻拂过阿猫的面庞。美好的一天从看到爱猫的阳光下的美丽背影开始，阿狗这样想。等他回过神，阿猫轻盈地跳上卡车裸露在外面的后备厢。

咦，阿猫。

可以说是想都没想，阿狗圆润的身体已经砸进了车里，动弹不得，他四脚朝天，好不容易勉强把脑袋转了过来，却看到阿猫离开的身影。他腾地一下子坐了起来，开始大声狂叫。他着急，他害怕，他不知道阿猫为什么要这么做，更不知道自己现在应该怎么做。脚边的皮球正在慢慢充气，发出吱扭的声音，阿狗在车上踱着步子，连心爱的皮球被踩扁又充气，再踩扁再充气都毫不理会。她真的走了，一步一步没有任何犹豫，走到了家门口。阿狗的叫声更加猛烈，和汽车发动的声音交织在一起。

她在门口停下了，转过身，端坐的样子还是那么高雅。

阿狗仿佛看到了一丝希望，不再叫了，看着阿猫的样子，他竟然还看着她笑了一下。

车开了，驶向远方。

阿猫还是坐在门口，没有进屋，静静地看着车变得愈来愈小，直至路的尽头消失不见。阿狗的嘴角依旧上扬，只是叫声越加凄厉，又消失不见了，他就这样坐在车上。他觉得很难受，但又说不出来哪里难受。车开得不快，两边的树木一一和他告别，向后倒退了。阿猫一句话也没跟他说，就这么和她分离了，阿狗在车上抽泣着，大滴大滴的泪水滴在皮球上。

他回忆着和阿猫在一起的日子。他见过阿猫笑，见过阿猫生气，见过阿猫害怕，见过阿猫犯错，他都觉得很可爱。他还没见过阿猫哭呢，他一定要想办法回去。阿狗还有些生气，这可能是他第一次生阿猫的气。不想和我玩可以直说嘛，这样把我推开也太无情了些。生气之外，更多的是伤心和失落，他不明白他做错了什么，真是搞不懂。

车越开越远，当阿狗回头望时，已经什么都看不到了，只有车和自己孤寂的影子。在转身向前看，落日余晖，很美。不知道阿猫能不能看到呢?

当日落西山，当晚霞映上面庞，当车驶进红色的帘幕，当思念溢出地平线。晚霞其实是太阳在亲吻天空，而我身边的她，现在又在何处。见前路渺茫，看样子车也不会很快停下来。阿狗干脆卧在了后备厢里，准备就这样睡去。他仰头望着天，是星星啊。他记得阿猫最喜欢看星星了，可城里的空气不好，每天都只能失落地回房间去。而阿狗为了哄她开心，就把她抱进自己的窝里给她讲故事，看着她慢慢闭上眼睛，自己也会睡得很安心，但不会再有机会了吧。

阿狗迷迷糊糊睡去，郊外的夜还是很凉的，他想象着自己盖着星星被子，而第二天早上就能看到阿猫，脸上露出一丝微笑，安静下来。他多么希望今天所发生的一切就是一个梦。随着一阵汽车的刹车声，阿狗从梦中惊醒。啊！这里是！他两眼冒着光，摇着欢快的小尾巴，扑进了阿猫怀里。

我是真的想你了，好想好想。

生命中陪伴我的那道光

莎士比亚曾说过："书籍是全世界的营养品，生活里没有书籍，就好像大地没有阳光；智慧里没有书籍，就好像鸟儿没有翅膀。"书籍在我前行的路上洒下了最温暖的阳光，无论是黑暗还是荆棘，从未缺席。

小时候，读《哈利波特与死亡圣器》，抑或是闹天宫的孙悟空与白骨精，多半只是为了看那些精彩的打斗场景。关于那些人性和黑暗，我只读懂不到一分，更多的是冥冥之中的一种思索。我看到和学到更多的，是勇敢，是善良，是倔强。

初入写作之门时，有一个人充斥着我的精神世界，他就是曹文轩。直到现在，桑桑依旧坐在油麻地的草房子上，看着来来往往的牛羊，吹着傍晚的微风，沐浴着渐渐消散的夕阳(桑桑、油麻地出自曹之轩的《草房子》)。

《繁星》和《春水》对我来说亦是如此，虽然这两本书时常出现在桌子的一角，但是恐怕也无法完整地默写下一首小诗。实际上，书里面的每个文字都已散落在我的心里，悄然生根发芽，让我可以领略生活中的美，使我懂得诗和远方不是一段旅行，而是一种态度，也为我对美的认识奠定了基础。

光阴流转，我曾一度放下手里的书籍，被电影或电视剧深深吸引，精美的场景加上丰富的剧情，快餐式和碎片化的消费转化为难以抵御的诱惑。逐渐地，我体会到，最具有幽默感的就是生活本身，文字分明是冰冷的，可是我却可以从中触摸到那束贯穿古今、从未消逝的光芒。视频是鲜活的，可是无节制的沉沦，便是通向地狱的大门。所以，我开始重拾那道生命中的光芒。

后来，我喜欢在慵懒的午后，斜靠在窗边读书，去读一些原来我认为苦涩艰深的书籍。随着成长，我渐渐可以读懂了孔乙己的悲哀，也慢慢了解到时代广场的蟋蟀中每行文字都透露出的关怀，在《琅琊榜》中感受一个人的人生价值，追随着《大江大河》体悟时代变迁。这些，或许是上天给予经历过苦涩和离别的人的一份补偿礼物，让他们可以寻一份慰藉。

读书对我来说，与其说为了收获知识，不如说是想在喧嚣的城市中为自己盖一个面朝大海、春暖花开的小屋。

感谢一路上书籍可以和我相伴相依，让我前行的每一步都烙印上厚重的足迹。即使孤独抑或哭泣，从未缺席。清风几缕，阳光几许，在平凡中绽放出美丽，在大千世界中感悟奥秘，或许这就是所谓的人生真谛。

（本文获得第六届“东方少年 中国梦”新创意中小学生作文大赛中学作文组一等奖）

为老爸点赞

“老爸你又胖了！”每当我这样调侃我爸时，他总是对我说：“马上减肥！”可是在一个个“马上”背后总是体重的不断增加，165 斤、175 斤、185 斤。

今年刚一开春，他多了一项爱好：健步走，为的就是把体重减下来。每天清晨，太阳公公才刚探出一个小脑袋，老爸的身影早已出现在了学校的操场上。一圈、二圈、三圈……他义无反顾地坚持着。一天我从学校回来，发现老爸正在用碘伏处理自己的脚，我好奇地凑过去，发现他两只脚上各起了两个大水泡。我心疼地说：“老爸，咱休息两天吧，等脚好了再去锻炼！”老爸坚定地说：“我一定要坚持到底。”清明节，老爸特意称了一下体重。令人惊喜的是，经过一个多月的努力，老爸的体重从 185 斤减到了 170 斤。为老爸实现小目标点赞！

天气越来越热，我原本以为他会放弃继续锻炼，可没想到老爸仍然坚持着。4 月份，总里程 436 公里；5 月份，总里程 458 公里；6 月份，总里程 478 公里。3 个月，他的体重又减掉了 15 斤。他的体重变化记录着自己的努力，他坚守着自己的初衷。老爸的同事纷纷称赞他并向他取经，并和老爸一起锻炼起来。为老爸的天天坚持和满满收获点赞！

一天晚上，我和老爸一起去健步。夏日的五六点钟，太阳还没下山，他走得很快，完全没有了工作一天的疲惫。我走在老爸身后，感觉腿上就像灌了铅似的，一步比一步沉重起来，头上也满是汗。“老爸，我们回去吧。”他却没有停下脚步。“丫头，再坚持一下，一小步，再一小步，坚持就是胜利！”是啊，再长的路，只要一小步，再一小步地坚持，都不遥远。我这样想着，脚步轻快了起来……为老爸的“小步理论”点赞！

老爸常说，不说苦与累，只是坚持往前走，不一样的风景总会不经意间出现；而且最美的不只在一段行程的终点，还在走向终点的路途中。老爸说，绳锯木断，水滴石穿，不论是为健康，还是为梦想，只要坚持初心，一步一步，就能到达心里想去的地方。是的，理想是帆，坚持是桨，每一个拼搏的人都能踏上成功的里程。为所有的追梦人点赞！

（本文获得第四届“东方少年 中国梦”新创意中小学生作文大赛中学作文组二等奖）

响

“姥爷！”

一声清脆的响儿从门缝里钻了进去，挤进狭小的厨房，在油烟中随着“噼里啪啦”浇上汁的黄花鱼，“炸”开在掌勺的姥爷耳边。一个肥硕的身躯不慌不忙地探出半个身子，又缓缓回到了做着鱼的铁锅前。

一串像三岁前小孩儿般的爽朗笑声从身后传来，姥姥正从小阳台拿出一袋一袋的糕点放在桌子上。“这些都是你姥爷从超市买的特价的，吃不了都装走。”

鱼还未端出来就已飘出了酱汁的甜香，放在桌子上也整好把圆桌填得满满当当。“等会儿啊，我再给你做个拔丝白薯。”刚拿起的筷子又悄悄放了下去，喊了声：“别做了，菜够吃了。”也没得到姥爷的任何回应，随之传来的是铲子和铁锅敲击发出的响声。

电视里播放着重播的中国诗词大会：“老骥伏枥，志在千里。”回过神来，盛满米饭的碗上已放满了挑好鱼刺的大块鱼肉，还不忘蘸上汁提味。“姥姥……”话刚到嘴边便被挡了回去。“拔丝好了，赶紧趁热拔。”泛着油光的白薯发出“嘶嘶”响声，被拉长的糖丝在空中凝固，贴在扬起的嘴角上。

姥爷已经是杖朝之年，耳背也是常有之事，可这并不影响他丰富多彩的快乐生活。没有了耳旁的纷繁，世界也变得安静起来，而那些留下的回响，定是念念不忘。

墙上的表滴滴答答地走着，温暖的午后，窗外的鸟儿和知了闹个不停，楼下一阵象棋磕在棋盘上的声响，对门有人摁响了门铃，开门又关门，在这一瞬间全都融进了姥爷熟睡的鼾声里。

电视里的主持人还在念着台本，却丝毫不会影响到椅子上那个鹤发童颜的慈祥面孔。桌子上冒热气的茶，没有盖好盖子的钢笔，摊开数独那页的报纸，无一不在诉说着姥爷的故事。

“姥爷！”

“嗯?”几乎是下意识，姥爷的鼾声戛然而止，清澈的没有一点浑浊的明亮眼睛转过来看着我。“到床上去睡吧。”“没事，坐这睡得香。”说完便微微探身，没有了睡意。

周围又热闹起来。临街的车水马龙，“换纱窗，清洗抽油烟机”的吆喝，风刮过树梢留下声声轻响。放在桌上的笔又开始在纸上游走，苍劲有力的笔记并没有因为年迈而变得软弱无力，反而在笔转轮回中多了些时间的痕迹。

零零碎碎中未曾改变的，还有对学习的热爱。桌子的一角堆着报纸，不光是看，还要做上面的数独题。另一角是自己粘的本，里面亲手记下了诗词大会，听写大会等节目的每一道题和每一句赏析。用“知识渊博”一词形容姥爷也不足为过。

前几年姥爷还写了自己的回忆录，一字一句饱含真情。即使世界的声音愈加微弱朦胧，可心底的声响却感知得真切，一颗赤诚的初心，从未改变。

——心底的声响，是前一代的期盼，是后一辈的敬仰，是对自己的追求。

世界从未安静过。

姥姥总是笑他，“只有好话才听得见”，谁不知他心里跟明镜儿似的，只不过是在生活中寻找一片安静的净土，能听清内心的响声。

而永远回荡在耳畔的那句“姥爷”，特响。

（本文系第四六届“北大培文杯”青少年创意写作大会初中组初选入围作品）

梨花风起

这一天终于来了。

他站在风口上，等人。已是隆冬，宫墙内礼乐声婉转欢快，宫墙外的空气却寒冷刺骨，一直刺到他心上。身侧的马发出烦躁的声响，他却如一块石碑般一动不动地遥望着更远的地方，他仿佛一眼望见了四起的狼烟烽火，望见了刀锋相交时闪烁的银光，望见了血流成河的惨烈战况，眼眸中尽是和他清秀的脸颊不符的忧郁。

一串清脆的马车铃响彻了天空，那声音却在这荒芜之地显得格格不入。他款款转身，衣角的玉佩在风中微微摇晃着。“侯爷不让大小姐出来，这是她让在下转交给你的。”一封手书，被递到他手里时他才稍微有了些许知觉，拱手行礼。直到四面再无人烟才用颤抖的手将一纸书信塞进厚重的铠甲里，翻身上马，渐渐和满天狼烟融为一体。

那是他的使命，少年将军驰骋在战场上，为国家保护着一方天地。儿女情长怎能影响一颗赤子之心。马蹄下的草痕早已掩于积雪之下，而在积雪之上是滚烫的热血。

直到利剑刺入他的铠甲，那封书信被鲜血殷红，他也不曾知道上面写的什么：

此战过后，便已入春，与卿共赏家中梨花开。

夜晚车水马龙，这是入冬以来的第一场雪，街上的情侣紧紧牵着对方的手，迎接这美妙时刻。他在一家鲜花店门口停下来，把面前这个小脸被冻得红扑扑的女孩儿拥进自己的大衣里，紧紧拥抱着。“等春天来了，我们也养花吧，放在阳台上看花开花落。”“好啊。”在幸福的笑声里，他们多想这一刻永远定格在那里，就好像下雪天不打伞，就真的能走到白头。

男孩才不过20出头，已是一名优秀的消防员，即使工作辛苦也从来不愿让心爱的人担心。

雪停了。春节的鞭炮声惹得每个街上的人都喜气洋洋的，年味混在干燥的空气中，显得这个干冷的冬天格外漫长。

“晚上去看电影啊?”

“要出任务，晚上不回来了。”

他又去救火了，可他救的火太多了。那天，女孩和闺蜜去看了电影。她没想到这场火会这么大。

他却没有等到春天，没有看到花开。

火最后灭了，他和战友们的功劳。女孩永远记得第一次见他时问他从事什么工作，他说那不是工作，是使命和信仰。

每个人都在改变着世界，像每次风起，都带来新的生命。无论在哪个时空，春天都会到来的。满树的梨花随着风吹到每一个角落。那香气像马车响铃，向每户人家宣布着春的到来。

而那些看到花开花落的人，该有多幸福。

做一个矢志前行的逐梦人

“一丝清凉的山风突破炎夏的闷热，送热烈拥抱在一起的人们进去房间。外面，群星在天幕运转，一年一年，生生不息。”第三本结尾定格在了1998年一个平静的夏夜，可他们的故事还在每个读者心里继续着，汹涌澎湃，川流不息。

《大江大河》这本书完整收录了《大江东去》(1978—1998)和续作《艰难的制造》(1998—2008)全部内容，一幅改革开放30年的时代风貌长卷徐徐展开。作者阿耐，1990年弃政从商，现为浙江某企业高管，著名财经小说作者。这本书是中国第一部荣获中宣部第十一届“五个一工程奖”的网络小说。

小说以经济改革为主线，全面、细致、深入地表现了1978年以来中国改革开放30年的伟大历史进程，展现了中国改革开放30年来经济领域的改革、社会生活的变化，政治领域的变革以及人们精神面貌的变化，生动而真实地刻画了活跃在改革开放前沿的代表人物。

该书着重讲述了四个典型人物：以技术为理想的国有企业领导宋运辉，一心一意为村民谋福利的农村改革典型雷东宝，从卖馒头起家到赚得亿万家产的个体户杨巡，从德国学成归来在政策和市场夹缝中探索制造业创业发展之路的柳钧。他们出身不同，选择不同，却都是那个变革时代矢志前行的逐梦人。他们与时代的发展相依而行，既是时代成就了他们，同时他们也改变了时代。而作者用这些人，描摹了曾经的13

亿人。

这本书最能打动人的不是一个个高大上的头衔，而是书中主角的人格魅力，他们没有理想化的“主角光环”。好人，靠的是坚持本心，让他自然发光；反派，则是私心，使之渺小。

“那时候大家面对面前忽然展现一个新世界，有人裹足不前，有人勇往直前，整个世界忽然不再是一潭死水，于是导致人与人之间的差异越来越大，差异又逼得人无法安于现状。即使再胆小安稳的人也不得不想方设法跟上发展，整个社会充满了躁动。有大哥率先走出农村改革第一步，有大寻成了迷惘一代，有杨巡成了个体户，还有那时候很有争议的双轨制，真可谓摸着石头过河，思潮千姿百态。”

书中宋运辉说的这段话看似是在为中心思想加以总结，却少了许多说教的说辞，和宋运辉国企领导的身份，以及他严谨的学者性格相得益彰。阿耐的写作风格可能正是如此，没有华而不实的辞藻，更多的是朴实而真诚地与读者交心。因为有着改革开放的大背景，在表现历史的深度和广度上，作者加入了大量专业性的词汇，使各个年龄段的读者都能深入故事，产生共鸣。

2018 年 12 月 10 日，由阿耐所著小说《大江东去》改编的电视剧《大江大河》首播。因为有更多观众的支持，原著也被众人所关注。对比电视剧中的人物，书中的角色更为立体，更为贴近现实。他们需要为自己做错的事负责，即使是主角也不会顺风顺水。

原著和电视剧各有千秋，但不能混为一谈。文字的力量和演员的演绎都能触动人心，使这个变革时代烙印在每一颗赤诚之心上。

现在的岁月静好，只不过是一代代人的负重前行。那个改革开放的时代，有多少人成为了改革的牺牲品，像一心一意为村民的雷东宝，最后反遭村民的背叛。但他没有别的选择，也许只有反复告诉自己一心为集体，才敢放开手脚做事。宋运辉因为“出身”不好，只有姐姐让出名额才能让他这个高考全县第一的人才有了上大学的机会。“摘帽”只是时间问题，背后是无数和他同样出身的人的苦苦等待，甚至是腥风血雨。那代人，不知道“容易”是什么。

而这本书所做的，是纪念，是感化。

纪念活在那个前所未有的变革时代的人们，他们没有辜负那个时代，活出了不一样的精彩。

感化活在现在的人们，当信仰和理想逐渐变得虚无缥缈，努力成为一个矢志前行的逐梦人，且不说能否不辜负这个飞速发展的时代，至少先不辜负自己这一生。

青砖黛瓦　故景如旧

那个人说："你是我选定的主君……"

那个人说："庭生，我会救你出去……"

那个人捻动着被角沉思，那个人随手拔出他腰刀……

那个人筑了一条密道每日为他煎熬心血，那个人在病中模模糊糊地念着："景琰，别怕……"

深宫里的母亲那么情真意切地叮嘱字"永远也不要亏待苏先生"，说了一次又一次，却没有引起应有的警醒。当自己觉得张雄好友都在天上看着时，他其实就在身边，努力铺设着每一步的路……

五一小长假，有幸来到了电视剧《琅琊榜》中琅琊阁的取景地雁荡山，面对清澈透亮的潭水，重峦叠嶂的崇山，林木葱茏的石桥，那个最明亮的少年再一次浮上心头。毕竟，这风就不曾停过……

《琅琊榜》，2007 年由现代女作家海宴创作出版。书中讲述了南梁时期，大渝兴兵南下，赤焰军少帅林殊随父出征，率七万将士抗击敌军，不料七万将士因奸佞陷害含冤埋骨梅岭。林殊从地狱之门拾回残命，历经削骨易容之痛，化身天下第一大帮江左盟宗主梅长苏。十二年后，因琅琊阁对其评价"江左梅郎，麒麟之才，得之可得天下"而成为太子和誉王争相招揽的对象。其虽假意投靠誉王，但暗中帮助靖王最终入主东宫，扳倒了太子和誉王，铲除了奸佞，为七万赤焰忠魂和皇长兄洗雪了污名，罪名昭雪，冤魂得以告慰。

作者海宴对自己的评价是：普通女子，胸无大志，只愿昨日可忆，未来可期，有山水可游，有奇事可闻，有朋友可交，有家人可依，文字之乐不改，童稚之心不灭，已是完美一生。这可能也是她笔下文字细腻而不失气概，故事内容向上又不缺对人性的抨击的一大原因。

“遥映人间冰雪样，暗香幽浮曲临江。遍识天下英雄路，俯首江左有梅郎。”主人公梅长苏实则有三重身份，一为纵横往来有不败威名的少年将军林殊；二为方便行走江湖，白衣客卿化名苏哲；三为满腹奇诡，算无遗策的麒麟才子，江左盟宗主，琅琊公子榜榜首梅长苏。即使麒麟才子得之可得天下，可面对挚友疑云，兄弟情谊，他却选择了逃避。“无论曾经是怎样一个天真无邪的朋友，从地狱归来的人都会变成恶鬼，不禁他认不出来，连我自己，都已经认不出我自己了。”

而他的好友萧景琰却从未遗忘过。他坚信皇长兄和赤焰军是被冤枉的。他记得小殊不喜欢别人碰他的东西，他记得小殊不能吃榛子酥，记得小殊思考时喜欢捻动衣角，记得小殊分析战况时会拔出腰刀比画，记得小殊给他起名叫作水牛。时隔十二年依旧留着当年从东海带回来的鸽子蛋大的珍珠，三月春猎时还会想起和小殊一起瞎跑时发现的下山小路……

书中没有太多的儿女情长，更多的是家国情怀。没有一贯的男强女弱，反倒增加了一道亮丽的色彩。而那些活灵活现，缺一不可的配角，在这样复杂而沉重的故事背景下，也显得轻快可爱起来。

故事的前部分，梅长苏和萧景琰只是谋士与主君的关系，可逐步随着两人交往的深入和真相的浮现，景琰从之前对谋士的偏见变成了朋友间的信任，以至最后的相认，这过程不但是两人关系的变化，更是他心智的变化，同时也教会了读者，“与朋友交，言而有信。”

为情义复仇作为主线，对有情有义的人性进行了赞美，对无情无义的卑劣进行了有力抨击。结尾时三个邻国同一时间发动了攻击，梅长苏不顾旧疾和自己短暂的生命，选择了林殊的结局——“当年梅岭寒雪中所失去的那个世界，似乎又隐隐回到了面前。烟尘滚滚中，梅长苏的唇边露出了一抹飞扬明亮的笑容，不再回眸帝京，而是拨转马头，催动已是四蹄如飞的坐骑，毅然决然地奔向了他所选择的未来，也是他所选择的结局。"

梅长苏对蔺晨食了言，没能和他游历四方，活得长久；对景琰失了信，没能看着他开创一个不同的大梁天下；对霓凰毁了约，没能和她长相厮守，白头到老。但他平定狼烟，重筑北境防线，让自己的人生价值体现到最大，让那个京城里最明亮的少年永远是人们记忆中最美好的模样。

第一次意识到离别的时候

幼儿园时的天空总是湛蓝的，不用担心伞是拿在手上还是放进包里，或者思考怎么反抗多穿上一件厚重的外套。门前的狗总是摇着尾巴的，不会对着人就乱叫。周围的每一个人都是开心的，他们都会笑，笑得是那般灿烂，像天空中明媚的太阳。当时不知道什么是伤心、什么是难过，当然也不会有“时间能不能慢点走，别把我喜欢的一切都带走”的想法。

当生日蛋糕插上了三根蜡烛的时候，要被送到寄宿的幼儿园去上学了。我到现在都觉得那一定是我人生中的第一个伟大转折点。但我还没有心思去规划我的幼儿园伟大计划，因为一门心思都在拍毕业照上了。说是毕业照，后来我才想明白就是艺术照，穿上漂亮的花裙子，抹上老师带来的红色口红，脑门中间可能还会被点上一个小红点，站在花花绿绿的幕布前面摆出一个个夸张的造型，只要露出了八颗大白牙摄影师叔叔都会奖你一朵大红花。整个场面都乱成了一锅八宝粥，倒是显得有些无聊。

“那谁嚷嚷着要跟你一块拍?”班主任老师一边笑一边对我说。“是一个小男生。”我不知道老师在笑什么，只记得去照相的时候我们俩都很开心。当最后一张照片的快门按下之后，我知道要回家了，而且以后都不会来这个地方了。我跟小伙伴们都挥挥手，跟老师们也挥挥手，就当作是告了别。第一次要离开一个待了很久的地方，第一次要离开这些当时生活中认识的所有的人，如井底之蛙跳出它的井，跟井告别，像心头突然减少了什么东西，说不出来的难受，但还是忘记了要流眼泪。

后来，幼儿园的天依旧湛蓝，不用担心伞是拿在手上还是放进包里，或者思考怎么反抗多穿上一件厚重的外套，但担心的变成了作业有没有做完，考试能不能考好。后来，我发现我当时告别的不只是那些人，而是无忧无虑的日子。后来，遇到的人越来越多，离别的次数也越来越多，我还是不记得要流眼泪。

时间能不能慢点走，别把我喜欢的一切都带走。

我是一个小岛

我是一个小岛，一个由松软的吐司面包泡在养乐多里的小岛。泥土是碾碎的奥利奥饼干，树干是巧克力棒，路旁的鲜花是彩虹糖，路上的鹅卵石全都是杏仁片，天空中每天都飘着大朵大朵的原味棉花糖，一阵甜甜的风吹起了层层涟漪。

我的常住居民是大小不一的萝卜，它们橘红色的身体，头上是绿色的三片叶子，唯一相像的就是它们脸上只有微笑的表情，从未变化过，我希望他们真的如脸上那样开心，这样就不会通过啃吐司面包而发泄了。为了保证养乐多的纯正味道，我从不允许外来人口入境，即使是划着水晶虾饺的船来也不行。我很喜欢它们在涨潮时排着长队来喝饮料的场景，萝卜们一个一个蹦跳着，小萝卜一个趔趄撞到大萝卜再被弹回来也是经常的事，它们都叼着一根细细的吸管，可能这样能喝得久一点吧。

“萝卜先生早啊！”我晃一晃巧克力棒做成的树枝，当作跟他打了个招呼。“哦，是迷你萝卜啊，你最近可有长高些了吗？”“萝卜太太，你新做的发型很好地凸显了您高贵的气质。”但他们从来不会理会我，而是专心致志地等待着养乐多灌进他们的身体里。终于排到了迷你萝卜，说实话我对他确实格外友好。在他喝饮料的时候，我从来都会放一朵棉花糖给他当下午茶的配料。他在萝卜群中显得是那么瘦小，他什么时候能长得跟他爸爸一样……阿嚏！今天的风可真猛。大地剧烈摇晃，但萝卜们庞大的身躯却是毫发未损。迷你萝卜静静看着他可怜的吸管掉进了茫茫养乐多里，几乎是没有溅起一丝浪花，缓缓地漂啊漂啊，直至消失在他的视线了。

迷你萝卜转身往家的地方跳去，一下，两下。中间隔的间隙却那么长，我看不到他的脸，但能感觉到他是那样的失落。他头顶上的棉花糖也像是被烤糊了似的变成了深色，一滴滴牛奶从空着落下，肆意地拍打着他瘦小的身躯，脸上却还是那个灿烂的笑容。

后来没有吸管的他不再喝养乐多了，改喝了纯净水。

我也把养乐多吸干，引进了清澈的纯净水。

从未有过的风景

每个人的生命中，都会有一位守护她的天使。这个天使，如果觉得你的生活有点悲哀，你的心情有点难过，他就会化作你身边的某一个人，也许是你的朋友，也许是你的父母。又或许是仅有一面之缘的陌生人。这些人会出现在你的生命里，陪你度过一段快乐时光。

所以，不知道有一天，他会不会不动声色地离开，但是你的记忆力就多了一段幸福的回忆。即便在将来的生活中布满风雪，但你依然可以想起，你就依然可以勇敢。

是梦吧。

梦中那个在风雪中穿黑色风衣的男孩子，半长微翘的头发，抬起头，全身上下在雪地的纯白里被映得毫发毕现，只有那双眼睛，失去焦点，好似大雾弥漫。而在下着大雪的天空中，有一个模糊的女孩子的轮廓，微微俯身，像是长出白色羽翼的天使，即使轮廓模糊，却有着一双清澈而明亮如星辰的眼睛。两人在大雪里安静地亲吻。

除了亲情，所有的爱都是上帝的恩赐。

所以那些默默离开我们的人，其实都是天使回归了天国。比如那些离开你的朋友，那些曾经给你帮助的陌生人，曾经讲过一个很好听的笑话逗你开心的同学，曾经打动过你的某一首歌的歌手，写过一本好书的作家，都是善良的天使。

也许有段时间会对于他们的消失感到难过失落，会四处寻找他们的踪迹，到最后都会相信，他们在这个世界的某一个角落安静而满足地生活着。于是，曾经的那些伤心失落便将不复存在。

时间是伟大的作者，他能写出完美的结局。

这是一个甜甜的故事

依旧是坐地铁回家，今天不同的是怀里抱着同学送的一只草莓玩偶。因为下课晚赶上了晚高峰，步伐变得有些慌乱，臂弯里的玩偶也不知不觉被捏变了形。就姑且叫它小草莓吧。小草莓长得很可爱，粉粉的外皮，软软的身体，抱在怀里倒像是它在抱着我。

进到地铁站，脚下是熟得不能再熟的路线，看着往四号线的人群如潮水，便信誓旦旦地朝十号线的方向走去。麻利地把背包放在安检机上，之后把小草莓摆正，轻轻平躺地放上去，在最后一刹那还捋了捋它的叶子。我听见安检的工作人员在偷笑，是那种很开心的笑，并不带有一丝讽刺的意味。我抱起小草莓，也很友善地还给对方一个微笑，继续按照规定动作，继续向前走去。

其实很喜欢看地铁站里的饮料贩卖机被装上饮料，一个个纸箱子被粗暴地撕扯开，饮料一瓶瓶咣当当滚落出来，看似小巧的机器原来掀开肚皮能装下这么多好东西，里面像一个巨大的未知世界，花花绿绿，光彩夺目。“同学你买饮料吗?”“买、买……”我支支吾吾。眼神还一直停留在一层层放饮料的铁架子上。

等车。自己的影子照在玻璃门上，小草莓像是对着镜子里微笑，它身上的一层绒毛弄得胳膊痒痒的，却又轻得像空气。粉色可真好看，樱桃、水蜜桃、蝴蝶结、马卡龙，还有草莓。对面的车来得很快，带走了对面的人，又变得空荡荡起来。车厢里摇摇晃晃的，小草莓则变成了安全气囊，肆意地撞击着各个角落。

很快便到站了，迎接我的依旧是那抹明媚的阳光。

第二天的写作课是咔吃咔吃黑巧克脆班级的第一次食物观察课，化身成一块巧克力，钻进了课堂。

两块长得不能再正常的巧克力静静躺在白色的小盒子里，不过还好，它们不会很孤单。比正方形稍微扁了一点，但和小盒子整好相配，让强迫症感觉格外舒适。因为在空气中暴露了太长时间而表面已经融化成了黏稠的棕色液体，在盒子上留下些许印记。即使它们有着跟牛奶巧克力一般的可爱外表，但依旧掩盖不住那浓烈的黑巧克力的苦涩气味。咬掉一个小角，里面露出了和外皮截然不同的颜色，感受甜的味蕾首先充斥着整个口腔，夹心的小颗粒和丝滑的巧克力液体交织在一起，触碰到牙齿，渐渐融化在舌尖，留下了淡淡的香气。

我和它们一样，静静躺在专属的小方格子里。单身狗的悲哀让苦涩的黑巧克力的气味变得越发浓烈。小盒子开始剧烈地晃动，要带我去哪？我有些不知所措，紧张之余是一丝丝的小期待。透过盒子的缝隙往外看，是一圈圈的旋转楼梯。喂喂喂，夹心要晃成糨糊了。我紧紧贴在壁上，却因为惯性的不可抗力在盒子里坐起了过山车。猛的一个急刹车，我的头和脚正好卡在了盒子的夹角里动弹不得，感觉最令我满意的棱角要被磨的圆滑，甚是难过。盒子好像是被放到了桌子上，盖子被一双纤细的手掀开，还很暖心地将我摆正，一股暖流从夹心中间流淌而过。

我静静注视着这个拯救了我棱角的女孩子，薄薄的嘴唇，从发髻上散下的碎头发遮住了低垂的眼眸，外面的阳光从阶梯教室的窗帘里钻进来，洒在我的身上，阳光的明媚也无法照亮从她心里流露出来的淡淡忧伤。女孩用双手轻轻把我捧起，停在嘴边的那一刻双眉微微颤抖，稍稍蹙眉，又把我放了下来。黑巧克力总是会遭到女孩子的反感，我更加难过起来。

女孩子趴在自己的手臂上，小心翼翼地摆弄着我的盒子。她的眼睛可真好看啊，又长又密的眼睫毛扇动的样子像蝴蝶的翅膀，一点点撩动着我的心。我开始想一切开心的事情，软软的烤面包、涂着厚厚的鲜奶油和巧克力夹心、装饰着酸甜的草莓和碎杏仁。我感受到自己由内而外散发出的甜甜气味。

我又再一次被捧起，入口之前，我看到了女孩眼睛里正闪烁着兴奋的亮光。

爱的 204

北大附中有许多可爱的地方：生活了两年的小白楼，那里是我永远的归宿；挥洒汗水的风雨操场，刷新了一次又一次的 800 米记录；体育馆地下二层的更衣室，有诉不完的秘密。匆匆流逝的午休，人满为患的食堂，饭菜飘香，垂涎欲滴……而刚刚认识的西楼 204，凭借它的独特魅力，深深地感染着我。

是在上写作课的前一天晚上收到了潘老师发来的换教室的通知——最文艺的教室 204。教室不都是千篇一律、规规矩矩，即使文艺也不过是展板上多贴几幅画罢了。怀着这样的心理，我踏进了 204，和它邂逅在这个不冷不热的初秋。

微风拂过树梢，树叶轻轻摇曳，像是要把一整天的快乐都吹进了教室里。这是一个不羁的教室，桌子杂乱无章地摆在屋子中间，却又好似自然地围成一个圈，显得格外温馨。教室里有许多鲜艳的装饰品，虽然是假花假草，但也一样光彩夺目，在房间的各个小角落焕发出丝丝生机，整个教室顿时显得有了些许灵气。

最喜欢的是教室里的毛绒玩具，它们才是这个房间的主人，正等待着我们迎着朝霞走来，披着星星离去，永远都是那个友善的微笑。这是一个上课可以抱着毛绒玩具的教室，潘老师抱着毛绒玩具，我们每个同学也抱着毛绒玩具，一种很有安全感而且放松的氛围是创作最好的状态。在这个教室里，有讲笑话的欢声笑语，也有观看电影感人片段落下的两行热泪。这是情感自由释放的天堂，是小小写作者温馨的港湾，是爱的 204，是爱的写作。

很喜欢教室展板上的纸条：

给你讲个笑话，你可别哭啊。

想给你写一封很严肃的情书。

篮球场剩下的只有回忆

北大附中的篮球场从来都是放学之后人最多的地方，男生比女生稍微多了些，会打球的，不会打球的都有，也未必每个进去的人都能摸到球，但就是想进去凑个热闹，即使是坐在旁边指指点点也不怕被骂出去。男孩子老往球场跑也正常，女孩子呢，坐在球场上看看投篮时的漂亮身影，听听广播里放的歌，倒也是难得的逍遥自在。

下午的阳光总是最明媚的，有时坐在球场里看球只是个样子，因为在太阳的暖照中，人是慵懒的，头脑似乎还是混沌的，心是随意的，看或不看，全都随意而为。那一缕缕的阳光，阴冷的天空中泛着丝丝红霞，霜雾弥漫的大地浸透着寒气，透过迷雾的间隙，千丝万缕般的光影好像全部洒在了球场里。幻想着伸出手去抓住那其中一缕，却终是从指缝中溜走，跟着一个个闪动的影子，无影无踪。留下了篮球投进筐发出的清脆响声。

又是他。

他对篮球可以说是痴迷，放学、中午、课间从来在教室都见不到他的人影，一问，“篮球场呢。”那个一米八多的身影，带球过人，从这半场到了那半场，轻轻一撩球便进了筐。而每次打球必然要反穿校服，是为了引人注意罢了。

球场周围是一圈杨树，秋风萧瑟，带起了干枯的叶子发出“哗啦哗啦”的响声，叶子只剩下一丝力气紧紧抓住树杈，被风肆意地调戏着。

天上的蓝色被雾霾蒙上了一层怎么也看不透的纱，球场里也显得格外沉寂。一年中的最后一场雨，冲刷了这个阴霾的世界，带走了秋天的寒冷，带来了冬天的温暖。

是新的一年了。过了元旦的三天假期，篮球场又恢复了昔日的喧嚣。他也不知道是哪根筋搭错了去剪了寸头，还好有颜值撑着，却还是引起了球场里女孩子们的议论。当球场里几乎所有人都穿上了花花绿绿的羽绒服或是厚外套，反穿的校服露出的白色内衬就显得格外另类，当然，这些令他格外满意。

熙熙攘攘的球场的角落里有一个格格不入的身影，那是个不爱说话的女孩，长长的头发被一根黑皮筋束起，总是一个人，低着头，腿上放着图画本，用一根铅笔不知道在画着什么。她和在球场里的任何一个人都像是两条平行线，毫无交集，两个世界。

一贯热闹的篮球场送走了新年的第一场雪，迎来了冬日的一抹暖阳。也许是篮球赛的消息，给这个沉睡着的冬天唤醒了那一点点活力。“可能初中就这一次篮球赛了。”他是班里的篮球队队长，对这件事像发了疯一样的上心，也许是篮球赛勾起了他心底藏着的往日的回忆——当队长意味着什么？是更多的责任和有苦说不出的憋屈。发球的号令已然吹响，抛在空中的篮球到达最高处，动能换为重力势能，每一帧在他眼里都是一种煎熬。抢到球，穿过对方人群，一、二、三，上篮，梦幻开局。几轮快攻过后，场上节奏逐渐稳下来。“还有最后一秒，给我坚持下去。”

冬去春来，温柔的春风拂过脸庞，空气中都充满着活力的气息。女孩合上画本，看着早已被装修围栏拦起来的篮球场，面目全非，却好像还有那个反穿校服的模样。

跟着导师有肉吃

追赶着国庆七天假期的小尾巴，天气倒是出人意料的晴朗，清澈的蓝，不带有一点杂质，连云都没有。

跟随着导师王莹老师来到中国园林博物馆的我们显得有些格格不入，毕竟门口来往的都是些老年人和欢蹦乱跳的小孩子。耳边是喧嚣，眼前是繁华，让时间停顿一秒，感受阳光的温度。

走进气派的博物馆大门，映入眼帘的东西应接不暇。是园林圣地，是天堂。在大厅的背景墙上是一幅“江山如画”图，有趣的是这幅图画并不是用浓墨重彩勾勒而成，而是一面生态墙。绿萝、万年青、鸭脚木，仿佛大自然赐予的国画颜料，花青、石绿。

“这些植物都是无土栽培，种在酒渣制作的海绵里……”

“哦！海绵宝宝！”

博物馆的镇馆之宝之一的硅化木静静躺在来来往往的人群中间。听说北大附中也有两棵，真正珍贵的东西是不会被人们珍惜的，除了失去之后。古代人类的艺术瑰宝以后是否只在梦里出现，不得而知。

各个展厅大同小异，讲解员姐姐同一个声调的介绍听得让人昏昏欲睡，但室内的园林景观却让人眼前一亮。虽然这些园林景观是一比一复原，但总觉得是一个口袋里被宝贝塞得满满当当，不给人留喘气的地方。亭台楼阁，错落有致。仰头感受到竹林竹叶的抚摸，俯身触碰到鱼儿清凉的脊背，禽鸟的绒毛，耳边流淌的水流从五折石桥下钻过。把手放在木制的柱子上，是留存的温热，直至心房。

上山的石板路并不是那么好走，像是一种执念，想去寻找太阳的痕迹。风被挡在了另一头，留下的只剩我的开心和我们的开心。醉翁之意不在酒，兴尽而返，岂不乐哉?

公主和王子

当全世界都在催着我们长大的时候，只有迪士尼守护我们的童心。

如果说漫威是每个男孩子的童年，那么，可能每个女孩儿都有一段公主情结萦绕在心头。那些幸福生活在一起的老套结局却总是那么的美好。在每个寒冷的冬季到来之际，带来心灵上的慰藉。

有课的星期六是灰色的，即使教室外边有着如新海诚的漫画一般的晴朗天空，也无法为冻僵的灵魂增添什么生气。老师的讲课声音混杂在空气里，慢慢顺着窗边飘散在了五彩的天空里。下课，坐地铁去看话剧《灰姑娘》。仿佛仙女教母的一个响指，我便已经坐在了剧院里。

剧院里大部分都是穿着公主裙的小姑娘，浅粉、深粉、白纱镶嵌着被舞台光反射得闪闪发光的颗颗水钻。那跑在座位中间也不怕一不小心踩在自己的裙摆上的欢快气氛浸染了在座的每一个人，唤醒了沉睡着的梦。如果要给剧院加一个背景色，一定是最可爱的粉红色。

场内的声音渐渐模糊，灯光渐渐昏暗，舞台上的幕布缓缓上升，演员的声音像立体的音符，每个声调都那么动听。仿佛是小时候听妈妈讲过的童话书，看过的动画片，仿佛是迪士尼里真人扮演的灰姑娘，站在美丽的城堡下牵住我的小手，现在，都出现在距离我五米左右的舞台上。梦成真，亦幻亦真。

公主和王子的唯美爱情可能在现实中是泡沫幻影，但在童年的记忆中它却从未随着时间的推移而消散在手指间掉落的碎片里，那永远是心脏最柔软的一块，最纯洁而神圣不可侵犯。

仙女教母把大南瓜变成马车的经典桥段，在现在这个科技发展的时代也变得格外炫目和精彩；王子手中那一只水晶鞋因为放弃寻找公主时内心的绝望，而破碎成一地亮晶晶的碎片；舞台的场景变换，主演的服装头饰，所有一切的一切都像是童话里最美的样子。

谢幕，散场，小公主们的舞会也要告一段落了。

因为热爱　所以无畏

秋天的尾巴拖得很长很长，却好像每一天都和书院杯连在了一起。秋的音韵在篮球馆的上方激荡，而篮球赛充斥了一整个秋天。随着气温接近零度，校园里的银杏叶渐渐变黄，就在秋的旋律演奏到最后一章时，书院杯篮球赛也终于落下了帷幕。

当篮球一次一次砸在篮筐上，发出的重重的咣当声，之后落在地板上，不带有一丝感情地滚出边界，好像每一声球落下的时候都砸在了心脏最脆弱的那块地方。一次一次想要放弃，旁观人如利剑一般的眼神射在每一寸皮肤上，是烈焰灼烧，是心有不甘，是信念，是不能输。

"明德不负众望地轻取对手，以 43：13 战胜了衔接班。"

"这场三分雨过后，衔接班的士气已被浇灭，尽管他们在末段顽强反扑，无奈得分方式单一，防守无力而反被格物领先更多。"

没关系，输了继续打。因为热爱，所以无畏。

"衔接班在今天的男篮赛事的对决中，击败了急需一胜的熙敬男篮，取得了他们历史上的第一场胜利，可谓是今天的一大冷门。"

那一次次的练习终究没有被辜负，当球投进篮筐，球网的翻腾都像是胜利的祝贺。"衔接班赢了一场，不再是书院杯的炮灰了。"场上最闪耀的他们永远记在了这一刻，永远为他们感到骄傲。

"书院杯篮球赛好看吗?"

"很感人。"

是真的，那些和比分交织在一起的零零碎碎，在不经意间便触碰到了心里最柔软的地方。篮球只是开始，后面路还长，我们一起走吧。

记得是衔接班对正心的那场比赛，当资源的“小红们”12 点 10 分一下课便准时来看比赛时，仿佛是去年的年级友谊赛。在这个秋风萧瑟的季节送来一抹暖阳。那些熟悉的面孔倒不像是局外人，而是 1 加 3 的“娘家人”。不管走到哪，依然是兄弟。

如果男篮决赛是“至善紫”，那么女篮一定非明德蓝莫属。应援棒和写着“明德必胜”的条幅在综合馆的任何地方出现，当整个馆都变成蓝色的海洋时，你便知道，她们肯定赢了。

果真，赢了。

每个手握篮球的英雄心里都有个所谓的信仰，也许是书院，是荣誉，也许是一个人，一种执念，但说来说去，都是因为爱篮球罢了，别无二致。

冬来之前总要下场落叶雨

“昨天立霾。立霾是中国传统二十五节气之一，这一天人们尽量在家不出门，以躲避传说中的神兽‘霾’，立霾过后，霾将频繁出没。”这是11月14日朋友圈转发最多的调侃。

可能只有在霾中站立才能真正变成仙女吧，如在人间仙境一般。

即使在北京地铁线路图的最边上的一角的西郊线上，也无法使眼前的迷雾消散开来，那些迷雾缠绕在凋零的红色枫叶上，倒像是下了雪，一篇茫茫的奶白色。

连留在冬天的最后一点的秋的颜色，也被掩盖得干干净净。

——估计明天这霾也散不去吧。

前几天压下来的冷空气也因为没有风而飘了上去，消失了寒冷，只剩下庞大的温柔，用白色渲染着这个世界。很快，夕阳从窗外无声地遁去，白花花的世界也像被墨汁浸没，不再是原先的模样。

气温在一夜间又降了下来，感受温度的方法也从伸出手掌变成了睁开一只眼睛。空气中沁入了一丝清新，是新的一阵风，带来了眼前快要忘却的蓝色，也带来了树的凋零。

树的凋零是盛大的，宛如一年一度的最重要的仪式，即使无人停下，驻足欣赏，还是下了一场不冷不热、不慌不忙的“雨”。那夜雨滴落在地面上甚至都不会发出任何声音，不声不响，消失在了这一个秋季里，融化在泥土里，发出好闻的气味，而在下一个秋季成为最珍贵的养料，创造出红色和黄色交织出的色彩。

而冬，带着满身明媚出现在秋存在过的地方。

随手撒下一千个寒气逼人的早晨，

一千片落叶，

一千个乘着阳光的水坑唱起欢乐的歌。

不再有人记得，秋的葬礼，多么悲壮而美丽的落叶雨。

被白雾拥抱的火热的心脏，随着秋的悲歌，一点，一点无尽地跳动着。

有一种天气叫冬天

刚接好的热水慢慢从桌子边上移到桌子中间，1 比 3 的冷热比例让水杯上方徐徐飘散的水蒸气飘出一个很好看的样子，可以在空中停上几秒。握紧卫衣袖口的手，冰凉指节贴在杯壁上，感受到丝丝暖意。冷空气比立冬早到了一步，也比暖气早到了一步，来图书馆蹭空调便成了在寒冷的天气里最温暖的事情。

走向图书馆的路上，好像多了一秒可以仰头望天，天空是奶白色的，像刚刚挤好的奶油被哪只淘气的小手抹到了天边，并不是很均匀。空气中因为添加了冷空气而变得比往日清新起来，看样子不是很严重的雾霾。白色的天看久了有些刺眼，被抹去的太阳不知在哪边也灿烂地发着光，不是阴天。而我喜欢把这种立冬前的鬼天气叫作——冬天。像晴天，阴天，雾霾天，今天是冬天。

图书馆 27 度的暖风，无疑让这里变成了北大附中最暖和的地方。自习的氛围，使人一走进这里就自然压低了声音，缓缓融化在温暖的空气里。好像每个坐在这里的人都有自己应该做的事情，按部就班，像一条条平行线，处在自己应该存在的世界里。

作业依旧是写完一项还有一项，源源不断。但坐在图书馆里便不想仓促地像完成任务一样把他们一笔勾销，而是看着每一个笔画在纸上留下痕迹。笔划过纸张的声音仿佛是图书馆里最和谐的背景音乐，和脑电波保持着相同的节奏。

和周围的学哥学姐坐在一起，某一瞬间好像自己也融入了这里。在这个冬天的天气里，看着冷空气和暖风的邂逅，好像冬天也挺好的，即使冷一点也没有那么糟糕。

坐在温暖的房间里，感受一切你以为没有温暖其实是存在的温度，听着时间路过时的声音，等待冬天——一年中最后那个季节，一年中最后那个季节前几天的好天气。

窗外的灰色像被水稀释了的浑浊墨水缓慢地渗透进房间里，模糊了视线。在这个阴冷的天气里，连随机播放的音乐都开始忧伤的调调。

暂停。下一首。

手指胡乱地翻动着手机屏幕，都是些推送的无聊文字。十一过后的十月份变得单调无味，像窗外一抹灰色，不黑不白，毫无生机。锁屏。继续放空。

“辰生日还有……”手机屏幕亮了起来。

仿佛黑暗里的远光灯，照亮了整个十月。

认识辰九年了，这无疑是一个很重要的日子。像时间倒流，流回了那个没有烦恼的小时候。不管当时心情被淋得有多惨，再回忆起来却都带着一丝美好夹杂在里面，时光和记忆凝固在一起，仿佛能听到最完整的声音。

那个怀着“两边同时开窗户，中间会下雨”的幼稚想法的她，现在还依旧快活着，最美的年华已经从十八岁提前到十二岁了吧。只要你喜欢，都是最美年华。

那个晚上听一首歌都会哭好久的她，不知道还许过多傻的生日愿望，也不知道都实现了没有。不厌其烦地听着她的牢骚。这是个多可爱的女孩啊，认真或是有些固执，活泼甚至有些疯的她，不知给我原本平淡的旋律加入了多少蹦跳的音符，无比美妙。

每个人能有几个认识九年的朋友，会走的都是过客。

如果回忆像钢铁般坚硬，那么是该微笑还是哭泣。如果钢铁像记忆般腐蚀，那么这里是欢城还是废墟。

愿你有一个怦然心动的瞬间，拥抱繁星满天、万里无云的一生。

生日快乐。第九句。

有你的日子　冬风也十里

冬至，圣诞节，元旦，当这些词语充斥在空气分子中，使它们猛烈撞击每个人的胸口时，冬天，到了最火热的时节。人们不再像初冬那样逃避室外的太阳，而是同样欣然接受冬天明媚的月亮。

头一次感受到北大附中夜景的美丽，虽然算不上华灯初上，灯火通明，但被镶嵌了银边的篮球场和一盏盏如珍珠般明亮通透的路灯，依旧在美妙的夜晚留下安静的影子。凉爽的穿堂风敲打着窗户上的一层朦胧雾气，却被月亮照的格外柔和。走在路上，踩在月光洒下的影子上，步调会变得慢起来，感受愈加温暖的风，感受凝固在脸上，微微上扬的嘴角。

“走了，看戏剧去。”她的声音比月光还要柔和一点，却轻易穿透我的骨头。

黑匣子里的黑，远超过我对夜晚的想象。好像到了冬天，很多人都会喜欢穿黑色的羽绒服，站在门口，堆在一起的人群仿佛一团浆糊，拥挤，显得黏稠。

随着几声浑厚饱满的遥远的钟声，敲响在头顶正上方，哄闹的人群就像都被敲晕了一样，连呼吸声都变得微弱起来。舞台上的热闹气氛，仿佛是另一个世界的事情，而台下，只有在黑暗中接二连三亮起的手机拍摄页面，和旁边的她被光照得很好看的长长的睫毛。

“您的眼睛亮了，该靠岸了。”“污垢是不可能爱上污垢的。”“死亡就在这间屋子里，结结实实地站起来了。”利刃般的台词狠狠扎进柔软的座椅靠背上，随着缓缓熄灭的舞台灯，慢慢地随着换场，全部吸收在了那海绵里。

从剧场出来，月光又清晰了一点。正巧赶上篮球训练的和物竞的下课，熙熙攘攘的人群。在寂寥的 5 度空气中，是交错的眼神，和平行的走位。从光明里走出来的人，终要走进黑暗，只有这样他们才会知道，什么是光明。

“赶紧吃吧，一会儿该凉了。”

是她一贯的温柔，像火热的冬风，还要加一个更字。

过回冬天

“滴答滴答”。

融化后的雪水顺着水管从六楼一直流到地面，发出清脆的响声，地道一只野猫的头顶上，猫“刺溜”一下跑走了。

从初冬便开始等雪来，等到春天，等来了春雪。春雪像刚落地的娃娃，小心翼翼地从天空中降落下来。刚开始雪花很小，如一缕缕青烟。落入掌中，才知道，哦，原来是雪。没有丝毫征兆。雪就这么冷不丁地来了。春雪不像冬天的雪下得那么放肆，更没有六月飞雪的不可思议。在一个不冷不热的季节，下了一场不疼不痒的雪。可能就是所谓的恋雪情结了吧。

雪大了，再不出去浪可就对不起这场大雪了。雪天是不用打伞的，它没有雨水那么生硬，从天空中直接飞流直下。雪是柔和的，随着一缕缕微风轻轻飘荡，最后落在女孩乌黑发亮的发尖上，绣上一朵晶莹剔透的水花。融化之后化为露珠浸润在泥土里。

最美不过下雪天，只见长街吻过千堆雪。躲藏了一个冬季的雪也不再吝啬它的美丽，把天色变成了一片片的银色，把天地间变成一个粉妆玉砌的世界。雪花像美丽的玉色蝴蝶，似舞如醉；像吹落的蒲公英，似飘如飞；像天使下凡，忽散忽聚，轻轻盈盈。别弄脏了雪。当脚踏出下一步，又怎能忍心落在棉花般的地上。

山灵为渠也放颠，世界幻如兜罗绵。

但当日出一到，长街、千堆雪，彼此瓦解。滴答滴答。融化的雪水落在野猫头上，旁人见去竟以为是一泪两行。

趁雪还在下，能不能不打伞，一直走到白头。

一份未成年的歌单

当冬天的空气中烤红薯温柔的味道愈加浓烈起来的时候，冬，是真的来了。人们说话都会从嘴里跑出白色的好看烟雾，帽子、围巾倒也是应有尽有地出现在了寒冷的街道上，人们的视线里。当然，还有耳机——即使不一定能够保暖，但会给人带来很舒服的温度。

有人说一边舔着冰激凌，一边喝着流汗的甜汽水，听着耳机里的摇滚乐，迎着灿烂的阳光，叫夏天。那么我觉得披着星星站在车水马龙的十字路口等红绿灯时，喧嚣之外耳机里一支略带灰色的小调，随着带有白烟的冷空气散在人群中，也是冬天不可缺少的元素。而耳中的音乐已逐渐和生活、心情这些缥缈的东西交融在了一起。

不知什么时候会听懂一首歌，也许现在，也许未来。那些如刀刃般直击胸膛，亦或是像烈焰灼烧心房，一点一点浸湿你的眼眶。还是愿意淡淡地说上一句，风吹的。别人写的歌在不经意间写进了你的心坎，我喜欢管这群人叫，天使。

在这个世界上，只有爸爸妈妈是永远没有道理地爱着你的人，而这种爱是“说了谢谢，反而才亏欠的情感”。恩重如山，无以言表。只愿他们永远是年轻时候的样子，不只有生活的苟且，更多的是爱和远方。

“人们都说这是浮云，但是浮云真美丽。”不止是情窦初开的娓娓感伤，也唱出了民谣的曲风淡淡。都说民谣穷，穷在它没有起伏的高音，只是像在低喃。唱的人普通，听的人平凡，一把吉他，四海为家。

初听不懂曲中意，再听已是曲中人。每一位天使都有他自己的故事，词中的“你”也不过是他想写的那个你罢了，只不过，冥冥之中，写了和你一样的故事。

题目中“未成年的歌单”并不是指写给未成年的人，而是这份说不上是歌单的歌单还没那么成熟。不过也好，晚些遇见，它刚好成熟，你刚好温柔。

扼杀在胃里的周记

问：“何事郁郁寡欢也?”

答曰：“写周记无灵感也。”

曰：“为何无灵感耶?”

答曰：“食之进肚，自然无灵感乎！”

冬天如神仙下凡似的天气，总让你迷迷糊糊中，想要在脑袋里的水和面粉中加上那么一勺天马行空，突然在头顶碰撞出智慧的小火花，才能在冬天使自己快活起来。

之一：扼杀在胃里的周记。

如果灵感可以吃的话，那么今天的晚饭便会是扼杀在胃里的周记。可能有点甜，因为里面加了优美的词藻；可能也会有那么点咸，因为文字轻松闲适。再配上数学公式和化学反应表达式，今日晚饭甚是丰盛。

之二：我的知音可能是海明威。前几天看了匡扶摇的一篇漫画《猫懂得时空的窍门》，讲述了作家们在同一个咖啡厅闲聊，接受猫的采访的故事，改变自《巴黎评论·作家访谈》。漫画中的海明威真是可爱，每次都躺枪，自己还会打趣道：“我不记得我这么写过，这话听起来愚蠢又粗暴，好像是我为了避免苦思冥想而故作聪明的判断。”知音难寻，这么久都找不到的原因原来是——知音是海明威。“写作，写小说，写着写着，我就暖和起来。”作家与常人不同之处就在于，他们可以把人心里想表达的东西用文字恰当地表现出来。

如此美好的职业。

之三：可以准备下雪了！早晨睁开眼，房间里漆黑一片，但手机上的时间还是很诚实地显示了八点多。迷离中拉开窗帘，外面竟是白茫茫一片，莫不是下雪了吧？其实不是。窗户上多年未擦留下的岁月痕迹和冬日里最常光顾的霾重叠在一起，蒙住了视线。“外面的天气已经很冷了，可以准备准备下雪了！”我再次躺倒，用手指着天花板。

冬天闷闷不乐的时候，就做梦吧。

梦里什么都有。

百天的幸运儿

她的诞生可以说有些草率，没有长时间的孕育，没有前期充分的准备，脑袋一热，她就出现在了这个世界上。说来可能是冥冥之中的缘分，如果不是出现在这个恰当的时节，可能也没人能悉心照顾她。她仿佛是从天而降的天使，温暖了世界。

她没有华丽出众的皮囊，没有格外有趣的灵魂。她渺小到丢到人群中可能一瞬间就会消失不见。但即使孤单，她也从不忧伤，永远像黑暗中的火光，想成为你的太阳。

她从来不讲阿谀奉承的官话，从不按套路出牌，看起来不是很乖巧的样子。她终是随心所欲，放荡不羁，无拘无束，但却也有那么一点招人喜爱。喜欢她的人很多，两只手都数不过来，幸好她不会恃宠而骄，还是踏实地坚守初心。

她的梦不够伟大，算不上什么宏伟的志向，很多时候会偷懒耍花招，但大部分时间都挺认真。她唯一可以炫耀好久的，是“喜欢”，这种喜欢，让生活闪闪发光。她可能注定过一边烦心一边斟酌着把情绪固定在词与句里的人生，但她喜欢这样。这是她身体的一部分，像流淌的血液，跳动的心脏，是永远无法抹去的东西。如果真的不见了，那她一定会很难过吧。

她有很多自己的想法，但从不担心别人能否理解，知音虽然难寻，但总会有的，像面包一样。她有很多喜欢，甚至是崇拜的东西，也许是人，或是文字。她喜欢学习那些她喜欢的文字，无法用好与不好去评定，只是心与心的碰撞。

她是很幸运的，有很多无论怎样都会支持她的人，生活在舒适的温度，柔和的空气里。她幸运到只需要做自己，说想说的话，做自己喜欢的任何事。她永远是天堂里的天使，永远不会看到地狱里的恶魔。

她是我的文字，是我的公众号，她诞生 104 天了。

她比我幸运。

被阳光吞掉的诗句

冬天来得急，还没做好迎接它的准备。天蓝得纯粹，连云可能都因为寒冷的天气而不愿意出来闲逛一番。天黑得愈加的早，亮得也越来越晚。当披星戴月变成常态时，看日出也不再奢侈。

早到一点去图书馆，可以看到沉睡的它。零零星星的几个座位上坐着勤劳的人，他们好像与世隔绝，静静沉浸在书里的文字和耳边的音乐里面了。但我觉得说它懒不是正确的，毕竟图书馆苏醒得比太阳还要早一点点。

太阳是很慵懒的，尤其在冬天。

它让人们也变得打不起精神，每天低落地做着那些一贯的事情，在吐出的徐徐白烟里迎来下一个明天。

图书馆像是世外桃源，总有新鲜的空气让里面变得热闹起来。只不过是思维的盛大宴会，并不吵闹，更不会令人讨厌。在里面的，不只是从各个门口进来的人，还有从窗户进来的阳光。

阳光进来得有些不怀好意，它们吞掉诗句中华美的抑扬顿挫，留下放在最后低吟的标点符号。

它们吞掉桌子磕裂的一角，留下孤独的四个桌角。

它们吞掉轻盈的窗帘，留下冰冷的窗框。

它们吞掉坐在窗边的人脸上硬朗的棱角，留下温润的弧度。

即使不怀好意，它们也算温柔。那些从指尖流逝的阳光，带走了寒冷，留下了暖阳的温度。

我不再觉得太阳慵懒了。它每天很早就要爬上楼顶，把阳光送给千家万户，把一天的全部温度散给所有生灵。即便它爬得太慢，没有图书馆苏醒得早。不过，夏天就会好很多了。

我好喜欢冬天的太阳啊。

它吞掉前 11 个月的难过。

留下最后一个月的全部幸福。

忙着可爱　忙着长大

2004 年 4 月 14 日，随着嘹亮的啼哭声，一个新的生命诞生在了这个世界上。谁也不知道她未来会是一个怎样的人，抑或天赋异禀，抑或芸芸众生，但唯一可以确认的，她是一个名叫程嘉懿的女孩儿，她是独一无二的。

这个 48 划复杂名字的由来，据可靠消息，它来源于我博学多才、博览群书的老爸，在一次看报纸的过程中偶然读到“嘉言懿行”一词便有了灵感，我的名字也因此而来。

除了名字的复杂能给人留下深刻印象以外，在小时候听到最多的啧啧惊叹声“你从三岁半就开始寄宿了啊”。儿时的我不知道什么是想家，毕竟不是我一个人这样。只知道在爸爸妈妈离开我的视线范围的时候，我好像应该哭几声以表达内心的愤慨。幼儿园的日子不仅培养了我的生活能力，更让我明白，只有你有能力，才能得到别人的认可。

我感谢那九年的时光，让我变得独立。在小学的住校生活里，我从未体会过因为作业少而看电视或玩当时流行的电脑游戏的乐趣，而取而代之的是社交和认识自我带给我的快乐。很幸运，认识的人都是很好的人，和他们变得熟悉，牵扯出纠葛，缠绵成关系，氤氲成感情，充实了我原本孤单、平淡的九年。也是在那个少年轻狂的时候，找到了我也许会热爱很久的东西——写作，是梦想，是信仰，是制造快乐的事物。

记得小学四年级的时候，我因为在作文比赛中获奖而有幸成为北京作家协会小作家分会第一批会员，并当选为第一届理事，从此写作的热情便“一发不可收拾”。从参加北京作家协会的培训到自己创作小说，从作品发表到创建自己的“嘉言懿文”公众号，在文字中能找到归宿，找到成就感。

当我把全世界放在笔尖上时，视野也就变得越来越宽广起来。

十四年，经历的不多也不少，足够充实也足够精彩。

初高中正在衔接，三观正在塑造。

走走停停的人川流不息，他们让我明白，要去爱这个世界，因为这世界上有很多人在爱着你。

只有两张桌子的家

“咔咔咔，再来一条。”

因为英语课要拍微电影，所以取景地便设在了相对自由的阅览室，因此那里也成为了剧组的“根据地”。与英语教室只有一排柜子之隔，却恍若世外桃源。错落有致的书架，各形各色的桌椅，使坐在里面的人很放松地发散、跳跃着自己的思维。

即便镜头内只有两张桌子，但因为错综复杂的柜子排列，小小的家组合出了街道、巷口，甚至是一个小世界。而在这个世界里，没有英语教室的沉闷，取而代之的是快活的空气。“导演，这主角的家怎么只有两张桌子啊?”“没事，后期可以加上。”——后期总是个神奇的存在。

那个家好像有一种特殊的魔力，镜头里和镜头外的他们判若两人。导演平时玩世不恭的模样让我最初对他的能力产生质疑，但从开始建群，发拍摄计划，到拍摄现场的调度，给我们一种很可靠的感觉。他从来不对别人发火，别人的失误他也会用自己的努力去弥补，谦和的他在绊到三脚架时下意识先扶了我的相机，而他差一点摔倒。

这个家总是热热闹闹的。喜欢坐在窗台上的“哥哥”总在刷物理题，不上镜的面瘫脸笑起来却可以感染整个房间里的快活空气；“爸爸”和“妈妈”在对词——吵架的台词总是很繁琐，而两个人吵了不知道多少架之后也变得默契起来；“妹妹”喜欢东找找的，西乐呵乐呵，破下九次笑场的记录，而上一次的记录也是她的；旁边的后期组和拍摄组在调着相机的角度，时不时“警察”的魔性笑声便会余音绕梁。而当打板的声音清脆一响，正经开始，笑场结束，渐渐地这间屋子不再只是取景地，而是一块只属于快乐的天地，真的像一个家了。

“导演，我还有戏份吗?”“没有了，你可以走了。”往日吵着闹着想要提前走的他们，终于杀青了。而这一次，好像又没那么着急走了，也许是因为这个地方留下了太多欢乐，无法带走，只想再多待一会儿。当三脚架被收起，相机开关被搬动，连散落在地上的剧本也一张一张被拾起，展平，收进包里，座椅被放回原位，是真的杀青了。想起第一次拍摄时的不熟练，仿佛就在昨天。

这个只有两张桌子的家真的很好。

这些优秀的小姐姐和长腿小哥哥也真的很好。

他们就像星星，即使是阴天也知道，他们一直都在。

上七天学的快乐

讲道理，我还没有发现上七天学有什么好快乐的。

当周六的阳光还未来得及射进房间里，房间里的人便已带着惺忪的睡眼和满天的繁星去上学了。学校里因为没有了初中部活蹦乱跳的气氛，而变得沉闷了不少，显得空空荡荡。又好像因为高中部上学的时间比较晚，就连太阳也不愿意早点升起来。

不过在图书馆看到日偏食，也算是借了高中部的光。

太阳还躲在楼后面呢，朋友圈里早已热闹起来。看这天微微有些阴沉，也不知道能不能看到太阳。还没容我多想，一束明亮的阳光开始吞噬我的物理电路图：先吃电源，然后是开关，用电器，顺着导线一直咬到 A4 纸的另一端。

我趴在桌子上，转头随着光看过去——在窗户上是被狠狠咬了一口的太阳公公——像苹果公司的 logo 一样。坐在窗边的人似乎格外淡定，没有理会在他身后为了拍照片挤成一团的几张脸。八点零几分，日偏食还没达到最佳观赏时间，自然也没有那么刺眼，没有巴德膜，没有墨镜，“咔嚓”一张便悻悻转回头去。

这得多饿啊，连太阳都被咬了一口。

除了天象不太正常，课表安排得也不太正常——连着两天英语、化学，而数学课却要六天后才能再看见我们可爱的数学老师陈琪琪。混乱的课表散在混沌的空气里，感到头皮发麻。人们在冬天总是喜欢把自己放进不悲不喜的舒适区里，因为这样可以看到世界温柔的虚影，玫瑰色的。

听说手上的笔和脑子总有一个在转。

阴凉的天气总是出现在周末里，可能这样更适合在家里睡上四十八个小时。而当这种天气碰上打着哈欠、坐在自习室里的人们时，便会显得不道德了。可是和你们并肩站在一起，即使一周上八天学，其实也没那么糟糕了。

漫无目的文字，见字如晤。

但，纸短情长。

2018，我的关键词是改变

“2018，要活成自己喜欢的样子。”

没有食言，2018 的第一个愿望，在 365 个日日夜夜里逐渐清晰起来，在经历的大小事件中慢慢找到了答案。当 2019 的钟声悄然敲响，再一次双手合十，去年的愿望已然实现了。

绝不是“春困秋乏夏打盹睡不醒的冬三月”蹉跎着时光，改变，一定是越来越好的。

回首 2018，最直观的改变便是留起了长发。不再是短头发的直率干练，多了一些温柔和静雅。好看的皮囊千篇一律，有趣的灵魂万里挑一。但如果没有直观上的外表的衬托，又怎么会有人愿意去了解那有趣的灵魂呢？

从资源到“一加三”，即使只隔了食堂的一栋楼。留下了两年的美好回忆，带走了一腔热血和明朗的上扬嘴角。小白楼的初中生活提前结束，那些肆意的任性和无条件接受那些任性的人都飘散在九月 15 度的空气中，慢慢融化，消失不见。而“一加三”优秀的人充斥着那一方天地，举手投足间，我们渐渐变得熟悉，那些藏在岁月里的心照不宣，也宛若两条平行线受到外界的影响，最终交汇在一点上。

放弃不难，但坚持一定很酷。摆脱掉三分钟热度的我，更清楚地认识到什么是我真正想要的。写作的世界比我想象的还要精彩，当我的两只手触碰到键盘的时候，那流畅的敲击声是我听过的最简单、也最华丽的音韵。

2018 的我，不再甘于随波逐流。当社会最真实的一面随着我们的长大愈加清晰，当“人性”一词的内涵一层层暴露在我们眼前时，我仍然愿意做一个善良的人，在与他人、与自己的相处中磨平桀骜不驯的棱角。

“我希望，2019 也能活成自己喜欢的样子。”

用 Flag 堆出来的第一周

虽然寒假只有短短四周，但丰富多彩的作业足以让其变得充实而忙碌。临近开学时，一批人赶着交物理作业，一批人在各种地方吐槽“希悦”的排课，在紧张而有丝丝慌乱的空气中，迎来了衔接班的最后一个学期。

一贯的没有返校，没有开学典礼，没有新书，总给人一种“爱来不来”的狂妄气场，但校园还是依旧如春天般给人以温暖。在踏进校门的一瞬间，那些夜晚在脑海中翻滚的顾虑都被吹散得一干二净。

沉寂在冬日里的北大附中仿佛在立春之后就慢慢苏醒过来，没等到惊蛰就已万物复苏，春暖花开。只穿一天秋裤的冬天也早被温柔的春风毁尸灭迹，无处寻找。

第一周的课总是上得很柔和，四处乱窜的心也逐渐随着老师们说话的节奏回到正轨，各种各样花哨的 Falg 拦都拦不住地从脑袋里蹦出，摆动着舌头，发出铮铮誓言。在早春适宜的气温里，所有幻想都好像变得现实起来。

希悦排出的新课表总是不能让所有人满意，毕竟不是所有人都像程序和代码一样理智。但人们学会了接受，这就比希悦成熟多了，还何必与它计较。

五花八门的目标用各种形式诞生在第一周里，学习方面的散落在课本的页数间，生活方面的藏在衣兜和帽子下面，还有那些七零八碎的便蕴含在空气里，随着一次次的呼和吸从身体汲取些许温度。

那些想见的、不想见的人都平行地出现在你实现这些目标的道路上，他们像电影的群众演员，配合着剧情的走向，而等到电影散场，也从来不会有人知道主角是谁。

至于第一周立下的目标、梦想、方向，因为加上了“第一周”的前缀，变得格外有仪式感，我们也有了实现它的勇气。

自习出逃计划

托希悦排课的福，上午两节都没有课，自习被延长至三个小时。

坐在阅览室微微下凹的白色座椅上，整个人陷入了混沌的空气，像是被铸上了无形的枷锁，四下里无法动弹。想出逃。

阅览室不像图书馆四层，这里早已被嬉戏的人们弄得千疮百孔，出逃计划中根本不用考虑怎么出去这个问题。现在要思考带什么东西出去。笔杆被轻轻转动了几圈，里面的弹簧随之弹在桌子上。

一个弹簧，几篇写着故事结局的纸，一个涂改带的空壳子，里面耷拉出来的长长带子在上一秒被暴力地全部扯出，那干脆也带上手指间被带子勒出的红色印记，就这样逃出了阅览室 24 度空气。

门外没有人，难得的清净。

选择从八阶的木制大台阶蹦出去，把弹簧从口袋抖动出来，刚好可以派上用场。在同一时间，阳光不知道从哪逃离来，正好以相反的方向从台阶上面落下去，与我渐行，渐远。早知道叫上它一起走了，有个伴总比没有要好，不过我还是把那个弹簧留在了台阶上，纪念这次的相遇。

继续往前走，手里紧紧握住那几张纸片，当结局握在手里时，才有千分之几的概率改变它，比如——把纸片撕碎。但一般除了生气的时候都舍不得，这是大概率事件。

十字路口，仿佛是最复杂的选择题，如果先前不告诉你答案，可能要想上好久吧。因为又被铐上了“最佳答案”的枷锁，还是要出逃，不如随手留一个可以旋转的涂改带空壳，把选择的机会留给天地，这样它还欠了一个人情。

选择之后，顿感轻松。就座在一个晒不到眼睛的地方，吹着风，让风把故事的结局念给你听，即使再次讲的都不一样。但很美好的是，不管什么时候那些飘散在天空，大地中的故事结局都是完美的。因为，我把其他的都撕掉了啊。

带出来的东西都被挥霍完了，包括零星的时间。

出逃计划顺利地完成，并没有被看自习的老师发现。可我忘记带着那副平静的皮囊出来，她看上去还是那么自若地融化着无色的枷锁，并没有去理会发颤的灵魂，她出逃的灵魂。

而此时，悻悻而返的我只想在 24 度的空气中，把刚刚那个故事碎片拼凑起来，就算结局不够完美，但那是它本身的样子，谁都没有理由用自己的主观臆断去改变任何事物。就像看了一场美丽的烟火，最后踩着一地冰冷的灰烬，但烟花在黑暗中绽放的那一刻那么美，我会为了那一刻，原谅全部。

如果有幸还有自习出逃计划 2.0，我会带着她一起。如果计划成功，请在阳光跳落的地方，等我。

在阳光跳落的地方编织棉花糖

一年之计在于春，北京的短暂春天从来不会吝啬它的风和太阳，而让人们身上都渐渐温暖起来。在校园里找个角落，私藏那些牢骚和放荡，不如，就把它们塞进大台阶的缝隙，在阳光经过时打散，拼凑成被尘埃保护的古老故事。

中午的台阶被一上午的太阳照得暖洋洋的，只用带着因为吃完午饭而空荡荡的大脑，坐在上面，便可以和风倾诉那些归宿是尘埃的标点符号，即使聊到太阳羞进楼后，风和台阶也依旧愿意。它们有时轻轻地给暴露在空气中的皮肤些许温暖，也有时悄悄代替你打消在脑袋里过激的念头，倦意袭来，即使只是合上眼眸也能感受到春天的温柔。

不知道从何时开始，“丧文化”开始大行其道。但在冬春交织的日子里不免发现，“丧太简单了，顶着一切依旧热爱生活才是真的酷”。初春夹杂着冬天的沉默和盛夏的蠢蠢欲动，仿佛是初来乍到的初生牛犊，一切在别的季节都会被指责的事，出现在初春都变成了理所应当，那些不切实际的幻想都会被嫩黄的柳枝全部原谅。

春天的温度打动着闭锁在房间里的人们，而在阳光跳落的地方自然招待了许多颗用力跳动的心脏。“像是在打麻将。”被春风围出的四方角落，因为带着情绪的狂言而使四颗心在春天留出了如黄金比例般美好的距离。逆光看到的脸庞好像都温柔起来，而那个午后，被反光的落地窗永远记下，成为了茫茫古老故事中浓墨重彩的一笔。

同时发生在春天的大事便是台阶下的书院杯足球赛。被风托起的球在天空中打着转儿，人们围绕着它不亦乐乎，仿佛它才是春天最欢脱的崽。在这个略显幼稚的春天，按照成年人的规则，继续着孩子的游戏。

而坐在台阶上挥霍太阳的人们，便成为了这场游戏的观众。即使对足球一概不知，也因为球在门前徘徊而随之心动起来。在喉咙间静止的尖叫，屏住的呼吸，都在球进门的那一瞬间同时回旋在湛蓝的天空里。那是属于春天的欢呼，为万物复苏而发出的美好的祝福。

“今天的云真是好看呢。”

大朵大朵的白云在蓝色的天空中放肆地展现着妖娆的身姿，在和阳光交织的双人舞中映射出彩虹的颜色。春天的好天气是风赋予的。而人们的好心情是好天气赋予的，所以，我们要感谢风。跟风学习编织棉花糖的工序，还能赚春天一笔。

就这么坐在台阶上，木头截成的长方形板子的棕色和牛仔裤的靛蓝色融合在一起，沉淀、过滤出春天的颜色，那种调色盘上没有，只可意会的颜色。面前是绿茵茵的操场草坪和黑白相间打着滚的足球，仰头是清澈的天空和洁白的云朵，把这些“试剂”统统倒进锥形瓶里，让风去肆意摇晃，炸出一个绚烂的春天。

那天是有人打伞有人淋雨的天气

第一场春雨赶在了春分的前头。

那最响的一声雷把生物老师的话打断成两半，而在那霎仿佛是给了昏昏欲睡的人大口呼吸的机会。三十多人的阅览室好似格外宽敞，但因为计划赶不上变化，阅览室一下子受到了近两百人的青睐，再加上备战一模的紧张氛围，压抑得人喘不上气。

雨下起来了，却很默契地没有带伞。配合着抑扬顿挫、逐渐高涨起来的语调，长方形的一小条天空渐渐提高了饱和度，不再只有黑白两种颜色。

在这个有人打伞有人淋雨的天气里，好像万物都被渲染了低落的情绪。即使是下课后在台阶上眺望湿淋淋的操场，眉目间也透出每个人不一样的层层心事——那些只想在深夜讲给自己听的心事。一分钟下落不过二十滴的淅沥小雨落在雨伞上，落在帽衫的柔软帽子上，落在发梢上，那些打伞的人未必对自己有多好，而淋雨的人也没有那么绝望。

每个人的悲伤都经不起挖掘，哪怕是再幸福的人。不知道是这种天气给予人抒情的机会，还是人们把这种天气当成发牢骚的借口。春天的雨下得小心翼翼，倒显得有那么点可爱。

在这种天气中，相机调到 M 挡照出的世界都被添加了自然的滤镜，不会调的光圈快门 IOS 就像不和谐的双人舞步，照片像印在胶片上一般蜡黄。难过到只想用自动挡，不管拍出来好不好看，都可以怪罪到相机头上。

在这种天气中，连广播站放的歌都不大欢快。同一首歌用耳机放出来和回响在校园上空是天差地别，就像心里想的事和讲出来对人听，往往也是不尽如人意的。站在广播站门口，看着来往的路人，不禁会想，他们在这样的天气，会选择打伞还是淋雨？“等到看你银色满际，等到分不清季节更替，才敢说沉溺。”你听，歌还在放着呢。

在这种天气中，所有遇见的不想见的人，不想经历的事，好像都成了天的错。可天有什么错呢，生活其实就是这样，没那么悲观，也没有那么乐观。生活就仅仅是生活而已。

总有天晴的那刻，总有顺心如意的那天。

连续不断的考试像是在催促着欢脱的人们安静下来，三角函数的诱导尚未成功，物理保护的电路也搁置在书本上。在天上拥有大太阳的晴天里，无助的人们甚至想找回几滴雨，换取让自己坚强下去的勇气。

那把软肋变为铠甲的过程，只有自己和被踩出“嗒嗒”声响的水坑知道。

想用书、一点点的冰激凌红茶和爱豆掩盖这一整周的糟心事儿，随之蒸发，从这周的记忆中抹去。

现在，我成功了。

生日快乐　小女孩

Q——还有 2 天 15 岁的我

A——出生 14 年 11 个月零 28 天的我

Q：还有 2 天就 15 岁了，想好怎么发那条朋友圈了吗？

A：这个事情想了很久，觉得好像每个人在过生日的那天都要发一条格外文艺风的朋友圈，这仿佛是一场盛大的仪式，能给自己带来新一岁的美好开端，也能让那些不够勇敢的人找一个祝福的地方。至于文案发什么不过是华美的词藻和听上去高大上的愿望，一般都无法真的全部实现。

Q：还记得去年的生日愿望吗？

A：愿望说出来就不灵了！但去年的文案还历历在目："要善良，要勇敢，要像小星星一样，努力发光。愿十四岁的自己还能如此简单，如此幸福，因为有你们。"有没有自己发光我不知道，但我希望我没有弄灭别人的灯。去年在身边的那群人多半还在，但因为离开了原来的班，所以即使再理所应当，那里也逐渐在记忆里模糊起来。不过万幸的是，这一年新遇到的人，和改变了的人，都是很好的人。

Q：十四岁有什么变化吗？或者那些难以忘怀，记忆犹新的事？

A：长高了，头发变长了。

A：变重了。

A：最大的变化可能就是提前步入高中了吧，显得这一年重要了起来。那些在初中留下的遗憾也就彻底留在那里了。去年四月过完生日之后发生的大事基本就是：四月有男女生节，五月合唱节，六月三维空间活动，七月领到了北大附中的录取通知书，八月去了陕西和浙江，九月开启了衔接班的学习，书院杯和原初中的运动会也火热召开，十月去了河北，十一月的“万人坑”第一次段考，十二月的戏剧节和英语微电影，新年联欢会。今年一月戏剧节和微电影杀青，第二次段考，二月回东北老家过年，年后去了海南的海口、三亚和三沙，三月制作了英语短片，写了第一篇书评。感觉十四岁是忙碌的，忙着长大，忙着变成自己喜欢的样子，而在忙碌中，我能深刻体会到，一切都是在变美好的。

Q：那十四岁有什么遗憾吗？

A：人类是贪心的，无论什么时候都觉得有遗憾。十四岁在我眼中是挺可爱的年纪，没有十七八岁那么迷茫，没有十一二岁那么幼稚，这是一个可以装小大人也可以撒娇的年纪。在这个美好年华里，就像风筝一样，有令自己安心的放筝人，有无边无际可以翱翔的天空，而自己要做的就是开阔眼界，认识这个世界真实的模样，也学会认识自己并通过努力使自己变得更好。

努力是无止境的，就像常常听到的“逆水行舟，不进则退。”这句话不是指这条舟会比另一条舟行得慢，而是在快速发展的社会中会失去自己的一席之地，离想要达到的梦想越来越远。遗憾的不过只是自己还可以更加努力罢了。

Q：十五岁就要到来了，即使只是人生中平淡无奇的一段，却有着与其他时间不一样的意义。有什么展望或愿望吗？

A：还是那句话，愿望说出来就不灵了！十五岁是可以放肆追梦的年纪，各种逐渐膨胀的野心，要靠才华来实现。在为自己的未来踏踏实实努力的时候，那些感觉从来不会看到的美丽景色，那些觉得终生不会遇到的人，正在一步步走来。更多的愿望皆离不开那最简朴的一句“万事胜意”。

Q：还有什么想对自己，或是对别人说的吗？

A：希望那些祝我或想祝我生日快乐的人都懂什么是真的快乐，愿他们思念泛滥成河的时候，想见的人就会乘舟而来，愿他们执迷不误时能少受点伤，幡然醒悟时物是人是，愿他们拥有一个怦然心动的瞬间，拥抱繁星满天、万里无云的一生。

提前对这个“精分”的自己说：

生日快乐，永远的小女孩。

“您的外卖到了，请来取一下吧！”

听说现在的女孩子都靠奶茶“续命”。

那些“四季奶青”“椰果”“奶霜”“珍珠”“红豆”，都好像在这个时代被赋予了极高的评价。那个极力推崇碳酸饮料的时代好像随之被埋没。

之前和你一起肆意摇晃可乐的那个人，现在还在陪你喝奶茶吗?

和原先一样，这已不只是喝东西这么简单了，逐渐地成为一种自由的交集方式。不像吃一段饭那么大张旗鼓，不像面对面坐着交谈那么循规蹈矩。一杯奶茶中便包含了一种温柔，一种友好。在这种交集中，可以了解到对方的喜好，可以看到再高冷的脸上流露出的一颦一笑。

校园里好像一下子绿了起来，正对南门的一条街像是被泼了抹茶拿铁，深绿浅绿溅得甚是不匀。而随着温度升高，艳阳高照，加热，常温也被去冰、少冰代替，就连会导致变胖的冰激凌都变得可爱起来。而周围的这群人，也因为糖分的增加，变得熟络。

她们每个人好像都不大一样，但却像一块块拼图，完整地拼凑出一幅美丽的图画。

她是个学霸，却怎么也让人讨厌不起来。她像距离太阳最近的那片云，一时渺茫，一时耀眼；她像学案上偷偷画出的卡通图，在一大把规整的宋体字中快乐着自己的一方天地；她像什么都不加的一杯奶茶，即使有时不够吸引人，却在每个心里空落落的时分给人一些慰藉。

另一个她看似有些不修边幅，但眼睛里总闪着亮光。她像夏天吹来的第一阵风，充满着热情和自来熟般的温暖；她像调色盘里的白色颜料，那么重要又那么清澈，让人舍不得改变她原先的模样；她像四季奶青加椰果，总是被加以“店长推荐”的头牌，但和她每次点的三分糖不同，她一定是全糖的那一份。

每天和她们疯在一起的还有一个姑娘。她好像天生就没有烦恼，每天见她的第一面就保留了一整天的好心情。她就像雨后的那道彩虹，无论什么时候想起，嘴边总能扬起好看的弧度；她像窗边挂着的一串风铃，每当微风抚过，那音韵都沁人心脾；她像满杯水果茶，甜而不腻，分外舒爽，就连内涵也让人留恋。

而那个和我形影不离的女孩子好像有许多小心思，而每一种都让人想宠在怀里。她像一场求之不得的太阳雨，一边是明媚，一边是清凉，交织在一起使人难忘；她像迪士尼城堡前卖的棉花糖，可能世界上只有零星事物才能这般美好；她像满杯金菠萝——谁叫她是凤梨呢。

“您的外卖到了，请来取一下吧。”

和她们在一起，就是幸运的，物超所值。

现在的女孩子早已不像原先那么简单——简单得用一个词可以概括。就像原先的可乐，只是甜，而现在的奶茶，用它的多种口感抚慰着戴上层层面具的人们。

希望原先和你在一起摇可乐的人，现在还在陪你一起喝奶茶。

希望在世界慢慢变得复杂的时候，有人陪你变得坚强。

接住的是幸运　踏上的是征途

结束了漫长的冬季，正是一年中最美好的季节，而在这个美好季节里，我邂逅了一项从未了解过的运动项目——棒垒球。作为一个初三衔接班的学生，北大附中高中部的体育课既新奇又具有挑战，而棒垒球课更是让我收获颇丰，受益匪浅。

第一节课，在略显幼稚的指导片中第一次完整地学习到棒垒球的器材、场地、规则以及玩法。那颗因为春天明媚的阳光而蠢蠢欲动的好奇心早已飞向了宽阔的操场，在柔软的草地上飞奔，从T座上用棒子打出一个漂亮的球，那将是一件多么有挑战性又充斥着成就感的事情。

从传接球开始练起，棒垒球好像是一块铁，被手套形状的吸铁石吸来吸去。正如卖油翁的"熟能生巧"，一次又一次地扔球，一次又一次地调整位置，一次又一次地接球。即使还是不能保证每个球都接得到位，但在与同伴的配合中既锻炼了身体的协调能力，又加深了难能可贵的友谊。后来的打准、打远、快传，无一不使我心潮澎湃，逐渐地也体会到了棒垒球的独特乐趣。

到后来，终于体验了打比赛。比赛第一是规则，第二是团队协作。封杀、触杀、本垒打，一个个专业性的名词也在几场比赛过后变得熟络。而那些在比赛中发挥出色的学长学姐更是我学习的榜样。他们的每一个动作，每一次呼喊，每一次拼尽全力，都成为了结束时比比分更加难忘的回忆。也会因为自己为队伍做出贡献而感到满足，即使是一两分，也愿意静静感受着操场上温暖的阳光。

同样使我记忆深刻的还有薛老师的教学方式——值日队长、捡垃圾、鞠躬。当值日队长的那天仿佛是回到了初中军训，恨不得把自己最大的声音放出来。而捡垃圾和向老师鞠躬也在刻意为了加分之后，逐渐形成习惯，体会到礼貌以及保护环境的责任的重要性。

在九周课程结束时，不仅看到了自己的进步，更看到了严厉的薛老师“暖男”的一面。感谢薛老师对课程的尽心尽力，也感谢各位同学的悉心帮助，更要感谢这个美好的春天，让我学习、了解、甚至是热忱于棒垒球这项运动。

接住的不只是球，而是幸运。

踏上的不光是垒垫，更是征途。

初中出逃计划 2.0

初中实在是最难书写的一个词了，它夹杂着任性的幼稚、叛逆的青春、渴望的成熟，考不完也躲不掉的各种考试，听不懂的语数英史地生，被误会被欺骗的一份懵懂，距离不定的一段段友情……不如，出逃吧。

于是便有了出逃计划的 2.0——逃离初中。

简单来说分为两部分：出逃资格认证和出逃证明。

如果，没有出逃资格认证，我从未想过在 6 天里考了 12 场试。坐在图书馆绵软的椅子上，想起三年来坐在这种椅子上，听过学霸分享学习方法，黑洞的讲座，复习过生物、历史，开过各种使人昏昏欲睡的会，也发明出各种挥霍时间的方法。而现在，看着卷子上一道道讲过、错过、练过、会过的题目，就仿佛在邂逅一位挽留出逃者的老朋友，可再怎么突出的奇怪问题，卷子翻面之后，也会淡淡遗忘。

出逃证明比预想的来得更早，两个明媚却凉爽的早晨，操场上放置了用来拍合影的铁架子，“吱吱呀呀”发出反抗的声音。周围跃动着红色身影，仿佛还是一年前的体育课——在阳光下拼命奔跑，用水枪淋过一个夏天的炎热。

相机照下了每个出逃人最后的面孔，定格的那一刻谁也不知道他们脑袋里在想些什么——包括他们自己。或许是入学时的莽撞，八匹马都拉不回来的倔强；或许是某次失落，某次努力过后的欣喜；或许是哪个好久不见的人，一直说不出口的某句话。平日里太忙了，很多事情没有时间去想，就在这个快门按下的瞬间，把心事慢慢摊开，任回忆慢慢耗去。

出逃计划要真正实行了，没有反悔的机会了。

三年里经历了春夏秋冬，最终停留在了这个刚刚开始变得炎热的夏季，不禁在风中开始拼命回忆着，拾起着，那些遗落在土壤里的段段记忆。

作为北达资源中学里最特殊的一届，据说是因为家长对当时宣布的校舍不满，闹了几次大小风波后我们被安排在了北大附中的小白楼，可谓前无古人后无来者。享受着优质的食堂和尺寸怪异的 290 米一圈的二层操场，即使没有学哥学姐、学弟学妹，倒也待得逍遥自在。

模糊记得入学的老校区还没有拆，进去时总能看到那棵玉兰。后来，老校区拆了，玉兰树也成为了学长口中的华丽辞藻，而现在北达资源中学也要更名了，也将成为我们口中的永恒，像那棵玉兰树一样。

特殊的我们还有着特殊的待遇——两次军训。第一次的军体拳和“三声三相”(“三声”为歌声、掌声、口号声；“三相”为站相、走相、蹲相)让我们第二次果断学精，第二次的教官发发喊麦也使军训的枯燥成为了自找乐子的机会。

第一次拔河比赛的海绵宝宝便注定了我们四班的团结，几次争吵，几次和好，几次为了同一个目标而努力。在那个风水最好、格局最佳、面积看起来最大的四班教室里，我度过了两年很美好很美好的时光，遇见了很多人，也送别了很多人，包括我自己。而那些人那些梗，就像最终也没有在艺术节上表演的“稻香”一样，安静地停留在房梁和心上。

在北大附中里待了三年，好像只看过一场雪，那是除了明天以外，北大附中最美的样子。

离开北达资源中学，离开得有些仓促，可能是因为只是换了一栋楼，却仿佛像毕业了两次。认识了更多的朋友，受到了更多的偏爱，让这三年在波折中变得重要和难忘。也只有那些个沉闷的午后，再经过小白楼时，回归故里的感觉异常强烈。墙上不会掉的涂鸦，永远年级第一的班长，课后欢脱的氛围，四班是我在资源的全部，是温暖的家。

我们的故事还没有结束，希望我们，还有好多个三年。

夏日的风吹乱心上的弦，手中的初中出逃计划被撕得粉碎，我们拼命跑向那个初见的九月，逆着阳光，对泛滥的青春说上一句：很高兴遇见你。

现在，以及很久很久的未来，我都很高兴遇见你。

这可能是计划失败的缘由吧，你没有在阳光跳落的地方等我，而选择一直待在我身边。

浅谈零零后特点与立志现状

当“零零后已经成年”的标题出现在手机屏幕时，我们不禁会感叹时光飞逝。我们早已丢去“零零后小孩儿”的标签，开始有了自己的想法，开始探索着“梦想”两个字的遥不可及，却时常被一些想法所影响。可理想是我们心中的光，我们渴望拥有，便要脚踏实地地摆脱束缚，为之努力。

零零后大多都是独生子女，所以从小便会受到父母的更多溺爱。“饭来张口，衣来伸手”，更有些人说“零零后拼爹”，令我们百口莫辩。这些正影响着我们走向两个极端：一是过于放纵，理想就是泡影，吃喝玩乐才是“正途”；二是过于规矩，一切都听父母安排，没有自己的主见，无法掌握自己的人生。一位演员在一次节目中说：“父母是隔开我们和死神的一面墙。”父母又能保护我们多久，身为子女当以孝为先，没有志向，不去努力，又怎能称为孝。父母的爱像是养料，是用来帮助我们茁壮成长的养料，我们怎能辜负。

随着世界快速发展，人们的志向也随之改变。心理学、IT 行业、艺术等自由职业逐渐热门，而那些坐班、白领、公务员、教师以及警察消防员等宏大的理想却不在立志的考虑范围之内。虽然立志并不意味着长大后就能成为那样的人，但立志意味着朝着那个方向努力，是自己的兴趣所在。

当今社会，浮躁之风盛行，而零零后更容易因此而随波逐流，投机取巧。可我们接受了最良好的教育，从小就有人教导我们：非淡泊无以明志，非宁静无以致远。立志更是一个要沉下心来完成的过程，我们只有经过了慎重的思考和实际的探索才能从中找寻真正的方向。志向可以小但不能空，祖国的未来是要靠我们这一代人的努力去创造的。

“知止而后有定，定而后能静，静而后能安，安而后能虑，虑而后能得。”零零后对于信仰，志向这样的字眼过于陌生，可我们依旧愿意在黑暗中寻找我们心中的那道光。每个时代都有那个时代所具有的特点，而零零后要做的，便是摆脱固有思想，改变别人的异样看法，敢作敢为敢去追梦，做一个脚踏实地的逐梦人。

而站上成功的顶峰时，也能向全世界呼喊：我有幸出生在零零后这个时代，我不想辜负这个伟大的时代。

1+3 等于几

在实行单元制的北大附中高中部，有一个神秘组织。他们仿佛是校园里最爱上学的那群人。初一初二出去玩，他们上课；“元培”(高中直升班)出去玩，他们上课；就连忙碌的初三放假的时候，这群“怪物”也在上课。他们集中在北楼的二层，享受着阳光的滋养，上课走神时也能看见楼外的树枝摇曳。

他们拥有着一个过于简单的名字“1+3”，而如果要随高中部的八个学院称呼他们，我想是“大同书院。”他们坚守的是中国古代儒家所宣传的最高理想社会，天下为公，选贤与能，讲信修睦，人得其所。更重要的一个原因是：理想化的设想从未实现过。

大同书院召集了 78 个初三的孩子，不用中考，但是要坐在图书馆报告厅的“沙发”上考一模作为初中毕业成绩，体育课和艺术课跟高中部一起上，语数英物化有自己的课程体系，提前一年衔接初高中知识。

在这里会遇到可以和你谈心的知心杜哥哥，他讲述的物理拓展知识可能是别人一辈子都不会学到的东西；上课带领同学们折纸的琪琪，他秉承着能力比刷题更重要的理念，让他们在段考卷子上无从下手；集快板、相声、舞蹈、rap 于一身的“宝藏”老郭，在 7 分钟内可以写下 53 个化学方程式；还有总也听不见闹钟响的王老师和女神杜老师，以及那些各有所长又样样精通的人们，充斥着“1+3”这一年。

大同书院的书院盾雏形来自灵魂画手陈凤梨，以粉色为主色调，既靠近了北大的红色，又象征了他们可爱的外表下还有一颗稚嫩而温柔的心，中间一只端庄的土拨鼠仿佛让每个人都能感受到他们活力四射的尖叫声，外围一圈的满天星正是他们嘴里讲出的那句口号——聚是一团火，散是满天星。“其实我觉得一只雕更合适，毕竟更符合我们的气质。”一位大同书院的小伙伴说道。

和高中部的八个书院不同，大同书院只存在一年，高一之后的他们要加入其他书院，虽然只有一年的时间，但在北楼里、地下室里总会有着他们的影子。

前无古人的他们有着“遇见压力就绕着走，抗是抗不动”的 slogan，虽然看上去是一句很不负责任又轻飘飘的话，可真正能做到把负能量置身事外又谈何容易。那些摇摇欲坠的学霸人设，那些惨烈分数的卷子，可他们还是像每天冉冉升起的太阳，活得那样快乐。可能这就是大同书院的灵魂所在。

假如，1+3 真的改名为大同书院，抑或是别的充满着寓意的名字，北楼阅览室改装成了书院活动室，五位老师成为了指导教师，我相信这里依旧是本色——有着与其他年级的不同，有着年少的冲动和失败的勇气。

1+3 不等于 4，1+3 等于我们，永远和越来越好。

一年好景君须记

那个短暂的夏夜，她对他说，有一天看电影，把字幕里的一句“星期六比较车少”看成了“星期六比较年少”。“星期六确实年少，你瞧，周一到周五要上学，那是属于忙碌的责任与焦虑，周五的夜晚看似疯狂，实则带着对前五天的报复，不够纯粹；而星期日充满着对下一周的恐慌与沉重的思考。”他的影子在月光下摇曳，连说出的话都被夜色蒙上一层温柔，被吹成一阵风，划过发梢。

她清晰地记得，第一次与他见面，也是一个年少的星期六。

是一个带着些许余温的秋天，树叶微微泛黄，风稍稍凉爽，校园里刚开学的混乱渐渐归于平静，就连她的心跳也一下一下恢复了原先的频率。而他，对她说：“很高兴认识你。”

没有像电视剧里的桥段那样，他们像两条平行线一般被时间推着向前走着，说出口的话也带着客套与距离。应该说，是他和她，甚至称不上是他们。

日子就这样慢慢地耗，橙黄橘绿之季也大摇大摆地闯进了她平静的秋冬交接处。仿佛在这个季节里，理所应当做一些勇敢的事，才不会辜负。

家长会的低气压使教室门口提前进入冬天。她的手最早感知了这一点，缩进袖口，任凭呼出的热气爬上眼镜片。他靠在另一面墙上，戴着耳机静得像一幅画。又一阵冷风抚过，画中人从包里拿出一个空的矿泉水瓶，往里倒了些热水，递给了她。

这是橙黄橘绿时一场盛大却又秘密的飞蛾扑火，一场心甘情愿的溺亡。可最终，他最美好的样子也停留在那个递完后转身、单肩背着包、走进阴影里的背影。

“毕业快乐。”她转头再次看向月光下的他。“前程似锦。”他笑了笑，挎上包，留下一个与之前一样的背影。

她感觉到手背上的丝丝余温，想起他在讲台上叫她“小朋友”，想起他在球进篮筐后微笑的面庞。耳边悠悠地回荡着他的声音：“很高兴认识你。”“前程似锦。”蓦地，整颗心都被填满。虽然只是一霎，很快便淡去了。

太美好的故事总让人感觉不真实，而这些许平淡的碎片倒令她心安。可能到最后一切归于平静，才能使人感受到美好，以及青春里怎么也要经历着的橙黄橘绿时。

“和君有关的所有一年的好景都在这里了。若君愿意，就留在记忆里吧。”她选择这样翻译这句诗。还有后半句：“君若是一年好景，橙黄橘绿也不及。”

嫌疑人 Y 的献身

我杀了她。

她的尸体飘零零掉落在地板上，她的血迹还留在我手上和冰冷的月光照射的墙壁上。借着路由器的一点红光，从纸盒中抽出一张纸，那声音大到可以撕裂夜晚的天空，却不能唤醒辗转反侧的灵魂。

那些孤独的，靠虚假的梦充盈的，枯萎灵魂。

纸擦净了所有可能为我定罪的证据，是用半载的梦与白痴侦探交换的。可那滴血就像路由器的红灯一般溅在这个夜晚。“那是我的血。”可警察不信我。

这个夜好长，在一阵风吹起窗帘过后，我又听到了她的声音。那声音尖细，以高频出现在我耳边。我开始后悔，为什么没有在二手商店买一部老旧录音机，把她的威胁都录下来——警察就信这个。

夜晚已不容我再去肆意挥霍，我翻身，不想理她。

我一边装睡一边想，她是怎么进来的。窗户紧闭，门也锁着，就连入梦那条路也折断了一半给侦探。我却忘了，她是职业杀手——靠这个吃饭的。进入我的世界有什么难，只要她愿意。

夏夜是最难熬的，黏稠的风带着室外的温度，包裹着蜷缩的我，焦躁与不安随着这股热流一拥而上，像被火烧着的玫瑰，一点一点化为灰烬，最后被她踩在脚下，辗进干涸的泥土里，被所有爱过它的人遗忘。

她也是爱过玫瑰的。

她向我开了枪。

我从梦中挣扎出来，把一种有毒液体喷向她。空气中是诱惑的味道，像极了玫瑰露，如果她还记得。儿时在水边种上的一排玫瑰花，她从那里长大。

又是僵持不下的安静。仿佛我们都在等待着，可不知道在等待着什么。月光又向里移动了一寸，已没有了柔和的鹅黄色调，完全变成了白色，在屋子里的低气压中被扭曲成了惨白。

她又向我开了一枪。

借着月光，我看清了她的身影，比上一位要更闭月羞花，甚至还穿了一件花裙子。可能是为了祭奠这个夜晚，和月光一起，扑向了盛大的死亡。

她死在了冰冷的墙壁上，在她打算金盆洗手之时。

我向警察自首："我杀死了两只蚊子，毁灭了一个美好的夜晚。"

天亮之后，我撇到警察的笔记本上写道：

死者：夏季中的一个夜晚

时间：玫瑰燃尽之时

死因：他杀

凶手：月光以及两位帮凶

以及用力写下的"**未结案**"。

藏在文字下的作者本身

作家从来都是一个神秘的职业。

他们用文字和人们的灵魂对话，而人们甚至不知他们的姓名、样貌、喜好，却和他们熟络得像每天吃早饭都会碰上的老熟人。他们的样子，也渐渐在心里勾勒出来。

曹文轩

傍晚的风吹着麦地，一层一层翻滚在耕地的牛尾旁，他坐在草房子的房顶上，一边啃着烤好的玉米，听着远方的吆喝，一边口齿不清地朝屋里喊："我和桑桑去看电影，帮我把床下面的小板凳掏出来！"

曹文轩，1954 年 1 月出生于江苏盐城，中国儿童文学作家。1977 年毕业于北京大学中文系并留校任教。任北京作家协会副主席。2016 年 4 月 4 日，曹文轩获"国际安徒生奖"，这也是中国作家首次获此殊荣。

杨红樱

坐在几百平的别墅里，端着浓郁的黑咖啡，桌子上铺着粉白相间的蕾丝桌布，上面用白色的瓷盘放着一块鲜花饼，桌子旁边卧着一猫一狗，总是抢着窝在她怀里听键盘敲击的声音。

杨红樱，女，四川成都人。四川省作协副主席，2010年第五届中国作家富豪榜首富，中国作家协会第九届全国委员会委员。曾获“冰心儿童图书奖”“海峡两岸童话一等奖”等十余个奖项。

海宴

来无影去无踪的女侠，就连琅琊阁主都得让她三分，实际上却是皇帝的私生女，身上流着正义大气的皇族血脉，但生性豁达洒脱，只爱游历山水，广交好友。可真的是遇见了真命天子时，满是小姑娘般的矫揉造作，叫一句“哥哥”就要以身相许。

海宴，出生于四川省成都市，中国内地作家，编剧。2016年3月24日，海宴凭借电视剧《琅琊榜》以800万元的编剧稿酬收入登第十届编剧作家榜第七名。提名第三届亚洲彩虹奖最佳电视剧编剧奖，第22届上海电视节白玉兰奖最佳编剧奖《琅琊榜》荣获第一届网络文学双年奖银奖。

阿耐

在世界五百强的企业里喝星巴克的职场女精英，经验极其丰富，老练而有城府，每天和各行各业的人打交道，对下属的花式拍马屁表示鄙视。早上八点整坐在会议室的转椅上对着跑进来的帅小伙说：“你迟到了1分钟零3秒，可以拿着东西走人了。”之后转了个圈，清了清嗓子，开始开会。

阿耐，又名Ane，浙江宁波作家，女，1990年弃政从商，现为浙江某著名民营企业高管，著名财经作家。出版作品有《大江东去》《欢乐颂》《都挺好》等。

八月长安

能把蓝色的俗气校服穿得特别好看却又算不上校花的那种女孩子，身边总会跟着一个同样很好看的男孩子，在她做出别人都不会的数学题之后鼓掌。文理分班时果断选择了文科班，在老师问她原因时她会说："我喜欢。"放学了喜欢去海边吹吹风，之后坐摩托车回家吃饭，高喊着："物理考试都见鬼去吧！"

八月长安，原名刘婉荟，毕业于北京大学光华管理学院，中国青春文学作家。2006 年高考哈尔滨市文科状元，豆瓣评分最高青春文学作者。2009 年，八月长安出版了第一本长篇青春小说《你好，旧时光》，此后又出版了同系列图书《暗恋·橘生淮南》《最好的我们》。

J. K. 罗琳

不管去哪里都喜欢坐火车，吃着怪味豆，看着窗外飘走的摄魂怪，对着对面那个戴着圆框眼镜的男孩说："我最近又集了一张邓布利多的画片，我家多得到处都是。"她边说边穿上长袍，脖子上挂着的福灵剂闪闪发光。

J. K. 罗琳（J. K. Rowling），1965 年 7 月 31 日出生于英国格温特郡，毕业于英国埃克塞特大学，英国作家。2004 年，罗琳荣登福布斯富人排行榜，她的身价达到 10 亿美元。截至 2008 年，《哈利·波特》系列 7 本小说被翻译成 67 种文字在全球发行 4 亿册。2017 年 6 月 12 日，美国《福布斯》公布了 2017 年度全球百位名人榜，J. K. 罗琳排名第三。

马伯庸

长安城内的江湖人，少了些规矩却一身正气，多了些官腔却放荡不羁。一身才华被皇帝老儿看上，上朝还得请他来，一气之下将他逐出京城，倒混出了个名头。

马伯庸，1980年生人，著名作家。作品《寂静之城》2005年获国内科幻文学最高奖项“银河奖”。《风雨〈洛神赋〉》获2010年人民文学奖散文奖。《破案：孔雀东南飞》等短篇获2012年朱自清散文奖。《古董局中局》入选第四届中国“图书势力榜”文学类年度十大好书。

东野圭吾

穿着笔挺的西装在高级的办公室里办公，涉及案件推理时异常敏锐，但从来不洗自己的咖啡杯。经常不上班去河边散步，一边勘探犯罪现场，一边对助手说：“晚上哪喝去啊?”

东野圭吾(ひがしの けいご，Higashino Keigo)，日本推理小说作家。1985年，凭借《放学后》获得第31回江户川乱步奖，从此成为职业作家，开始专职写作。1999年《秘密》获第52届日本推理作家协会奖，2006年《嫌疑人X的献身》获134届直木奖，东野圭吾从而达成了日本推理小说史上罕见的“三冠王”。

丁墨

市公安局里的紧张氛围并不影响她同时做犯罪嫌疑人侧写和观察新来领导的眼神，嘴上说着不服心里还想着拜他为师傅，然后拽着旁边的小弟问：“这人有女朋友吗?”

丁墨，以独特的甜宠悬爱风格自成一脉，所著作品被读者赞誉“开创了全新的言情小说模式”。代表作：《如果蜗牛有爱情》《他来了，请闭眼》《他来了请闭眼之暗粼》《你和我的倾城时光》《美人为馅》《他与月光为邻》等。已出版作品十余部，并有多部作品已输出影视版权。

他们有的会在我受委屈时给予软绵绵的拥抱与发射着小爱心的鼓励，也有的会对我的庸人自扰嗤之以鼻，却在摔倒时伸出手并提出最中肯的建议——通过文字。

作家都很幸福吧，在自己不能成为喜欢的样子时，可以让笔下的角色成为所有人都喜欢的样子。

我们兵分两路　在顶端相见

最瑰丽的霞光只在一瞬间，好在缓慢弱化它的云是极其温柔的，不会让人联想到凋零与消亡，只会联想到毕业季的夏天和融化的冰激凌。

时间多数时候都是钟摆僵硬的晃动，是机械回旋的发条。只有天空染着霞光的那个瞬间是时间流淌过的，非常连贯，非常动人地逝去。

而霞光下的我们，一边孤零零看着手心里重要的东西逝去，一边为了再见到想见的人而拼命活着。就像烟花散落到世界各地，我还是永远记得与他们交汇时的光亮。

因为太幸福，所以总是错过，遗忘，那些流淌过去的日子。和你们用三年时间混熟，再用余生去忘记。我只愿凭着这一点灵感的相通，时时带给彼此慰藉，像流星的光辉，照耀疲惫的梦寐，永存一个爱与被爱的力量，纵然在别离之时。

毕竟，只有一个世界，为我们准备了三年终于成熟了的夏天，我们却按照成年人的规则，继续着孩子的告别游戏。“明天也要来噢！我还在这里等你。”“好，明天我给你带碎碎冰。”不在乎渐行渐远的两条射线，也不在乎躲藏在毕业典礼后，几场要下一整天的大雨。

我知道，在我今后的人生中会有无数个夏天，但是不会有一个夏天，会如今夏。那些在夏天里酥酥脆脆的东西带给人无尽的美好，甜筒的脆壳，炸鸡外面的脆皮，刚从冰箱里拿出来的西瓜瓤，以及和你们在一起的，被掰碎的零散时光，无一不让我为之倾倒。

夏至已至，三年，真的，就这样走到了尽头。我们也因一张考卷，兵分两路，在这个美好的夏天，走向了我们所期待的未来，愿我们在顶端相见时，物是人是。

我们还有好多个三年。
爱遍世界以后我们会发现，还是这里最好。
你对着时间许下的那些诺言，总会有人记得。
资源的日子依旧流淌过记忆。
源头是你们，带给我最好的时光。

临表涕零，不知所言。

一首藏头诗，献给北达资源中学 19 届 4 班。遇见你们，我很幸运。

毕业文集之番外

墙上的日历一页页翻到了一年的最后，衔接班日子的倒计时也进入了个位数。而我，有幸成为主编之一，在这个伟大的夏天见证毕业文集的诞生。

夏天的风吹过荡漾的心头，刚组建的还热气腾腾的主创小组也都满怀希望，丝毫不在乎它隐藏的威力。

文集第一步是征集文稿，在王老师以过程性评价加 1 分的强力施压下收集十分顺利。从未想过那些每天张牙舞爪的女孩笔下也能写出这样细腻的文字，那些相貌平平的男生也能妙笔生花。他们带给了我太多的惊喜，却也为文集的创作增添了不少的困难。

首先面临考验的审稿组将文章都下载下来，一篇一篇进行审核和取舍，将那些天马行空，放荡不羁的文字都顺服得格外乖巧才能入得了文集的挑剔选择标准。

最苦最累的当属校对组的校对工作。文字仿佛密密麻麻的一堆乱码，不一会儿就看得眼花，那些奇奇怪怪的错别字和病句也闹出了不少笑话。八十一篇几万字的工作量让我对他们的崇拜之情油然而生——认真总是可以出奇迹的。

当流水作业到了统稿组这一步时，毕业文集也有了大致雏形。它像一块散落的拼图，而我们要做的就是把它们拼凑成大家最期待的完美作品。统稿组的工作非常零散而重要，他们要把在纸上校好的部分输入文档；要把各式各样的文章分好类别；要把所有文章放到一个文档里，使它有了书的样子；甚至还要排版——把每段前面手动空好两格。

独立而突出的插画组就像是被放养的孩子，没有了“家长”的指导，心里总是不免慌乱。插图、封面、封底都要根据主题去设计，留给他们的时间也最短，可他们依旧完成得无与伦比。

夏天进入了盛大的时节，毕业文集也终于大功告成。它就像个我们亲手养大的孩子，我们见证了它的成长，也在这个美好的季节留下了一段难忘的回忆。

“如果以后我开了一家出版公司，我一定要带着我的副主编和主创小组一起暴富。”真的很感谢他们——因为他们总是比我想象的还要优秀。

贵在一起

风轻花落定，时光踏下轻盈的足迹，卷起昔日的美丽悠然长去。在夜的最后一章，散尽了那段甜甜的香。这个忧伤而明媚的八月盛夏，从我单薄的青春里走马而过，穿过紫堇，穿过木棉，穿过时隐时现的悲喜和无常。那些记忆里留不住的美好，就都留在文字里吧。

我们在鸣沙山上滑过沙，童言无忌曾妄言要把月牙泉“埋”起来。那个下午的夕阳转眼间已经融进冥冥的暮色之中，天色逐渐暗下来了，四周的沙漠，呈现出青黛色的轮廓，暮色渐浓，大地一片混沌迷茫，照耀得你的侧脸格外美丽。敦煌的莫高窟，嘉峪关的长城和摆脱爸爸们束缚的第一个夜晚，那个开着所有灯一次次检查门有没有锁好的不眠之夜，从此和辰辰期待的不是白天去什么景点，而是什么时候才能回房间的小小追求。张掖的丹霞地貌，兰州的拉面，天水的麦积山石窟，最难忘的当属出土马踏飞燕的武威雷台汉墓，在那里捉了一下午的青蛙，明刚大大的“补蛙能手”的荣誉称号也就此名扬四方。当时青涩的我们，只知道快乐。

我们在那拉提抓过蚂蚱，雨中模糊的那个身影跑着，脚边的蚂蚱蹦着，一起笑着乐着，还得到了“七手联弹”的成就。草原上是空旷的，放眼望去，绿色的草原，膘肥体壮的牛羊，小马驹在地上吃草，牧人挥舞着鞭子，唱着悠扬的长调，仰头看去，大朵大朵的白云洋洋洒洒地点缀在湛蓝天空中，像甜甜的棉花糖，伸手就能够到，把云一口气全部吃掉。巴音布鲁克的九曲十八弯，带给我们的是大自然的壮阔与美丽。第一次举办晚会，我们知道自己创造快乐，和别人分享快乐，快乐是可以翻倍的。

我们在大东北滑过雪，经过几场大雾，冰霜先行探路，耐不住寂寞的寒流，势不可挡，闯进人间。雪花飘飘荡荡，千姿百态，如仙女下凡，个个披上了漂亮的婚纱。所有的行人，头戴繁花，换上花色衣服。天空，花在飞扬；地上，花在跳舞；高楼，花在装饰；万物，花在雕琢。这是花的世界，花的海洋。长春的伪皇宫，四平战役纪念馆，除了大自然的美还领略到了历史的厚重和浓浓的人文情怀。

我们在大连海边游过泳，在棒棰岛清澈的海水里，遇到了一位不速之客，墨色打底上面有橘色的斑点做点缀的巴掌大海星随着清凉的海水被冲到了岸上，和我们邂逅了。原先风平浪静的海面，荡漾着，海的愁容荡漾着，那泛散开来的波纹，传播开海的哭泣。海风里，绿荫下，点点碎阳落在她的身旁，如细细光屑挥洒，耀眼般美丽，而当年的羞涩如今已不复存在。贝壳博物馆里被琳琅满目的贝壳所吸引，激发了蠢蠢欲动的少女心。广鹿岛上的海鲜盛宴创下了吃 12 个生海胆的记录，在东巷广场人挤人看完了美轮美奂的音乐喷泉，吹着带有海腥味的风，好像变成了一条鱼——不洗澡也不会脏，每七秒就有一个新的世界，胖到肚子挺出来也很可爱，慵懒邋遢也不会感到难过。

我们在 3000 多米海拔的木格措跑过八百米，左手是湖，右手是树，脚下的青苔总是容易打滑，木栈道修得很长，一眼望不到尽头，但却不想停下脚步，就想这样迎着阴冷的风一直跑下去。北京的雨带来的不光是飞机的延误，还有一顿正宗的成都大龙火锅，宽窄巷子的三大炮依旧惊艳，丹巴的藏寨，色达的佛学院，甘孜的泸定桥、海螺沟雪山，道孚的高原草原，康定的情歌，雅安的雅鱼、雅女，邛海边上玩跷跷板也能玩得不亦乐乎，西昌的卫星发射中心，无一不给我们留下了深刻印象。昊哥的加入更是给我们带了更多欢乐。

我们还吃遍陕西，葫芦鸡，岐山臊子面，𰻞𰻞面，旗花面，肉夹馍，羊肉泡馍，即使没有老陕口中说的那么正宗，但味蕾依旧给了好评。不但是美食之旅，还是一次净化心灵的圣地之旅——革命圣地延安，老一辈革命家在这里生活战斗了十三个春秋，领导了抗日战争，培育了延安精神；民族圣地黄陵，有“天下第一陵”之盛誉，作为炎黄子孙，黄帝陵的俭朴而不失威严更令我们心怀敬意。重新认识了贴心到晚上会给我们买冰激凌的帅气的杨杨哥更是最好的事情，铁三角永不散。也是因为有你们，才让可有可无的旅行变得格外珍贵。

我们在浙江迎台风送台风，在沙滩上写下讨厌的数学公式，一边盘串，一边品茶，装作是佛系少女，这些可能也会成为生命中宝贵的经历吧。

“爸爸去哪儿”已经连续了五个年头，都是依托于他们那段宝贵的同学情，愿他们友谊长存，青春永驻。后面的日子，来日方长。

泾河遐想

当徐徐微风从耳边划过，吹得耳垂上的绒毛痒痒的。空气中弥漫着淡淡的的泥土的气息，夹杂着人脚踩过扬起的沙尘的味道。从老院子走到河边的一路上，小白鞋踏在土路上发出的踢踏踢踏的声响仿佛成了乡间小调的背景音乐，随着离河畔边越来越近，小调的音律也愈加强烈，心情也变得高涨起来。

缓缓淌过的河水在眼前逐渐清晰了，视野也更加开阔，从郁郁葱葱的桃树林中的小土路霎时间变为平坦的石台，一阶，两阶。用手掸掸地上的土，干脆坐了下来，双腿从上面悬空垂下去，在轻松的空气中追着风晃荡着。

泾河并没有想象的流得那么急，而是慢慢地，很温柔地抚摸着大地，如丝绸般包裹着河水中的鹅卵石，在弯曲处却没有一点留恋，顺着河床的轨迹，年复一年日复一日地流淌。

更令人着迷的是悬挂在半空中的太阳，虽然还没有到落山的时候，但并不是很刺眼，倒显得和河畔的景色格外融合。阳光毫不吝啬地洒向河面，宛若从天上洒下的金子，在河水中熠熠生辉，又像闪闪发光的钻石，无论河流带走的泥沙，石块，或是鱼儿，这颗钻石依旧坚硬，明亮，在同样的地方散发着她迷人的光芒。

石台上被阳光晒得发热，掸掸裤子上落下的白色石粉，继续朝远方走去。没有考试，没有作业，没有乱七八遭的不开心，只有泾河和远方。泾阳赋曰：“此地也，山峦拱卫，三河膏润，川原坦荡如砥，绵邈无垠；峦峰叠翠似画，锦屏相依。气候温和，四季风调雨顺，河山毓秀，三春柳绿桃红。”

那些无法用文字形容的美好，愿都能留在记忆里。

过了爱海的年龄

“摩羯”将于 8 月 12 日（周日）夜间在浙江象山到玉环一带沿海登陆。

宛如晴天霹雳雷雨交加，中间又夹杂了几颗格外闪烁的点点繁星，在酸甜苦辣中却又渴望尝到冰激凌的味道。好奇心害死猫，人们总是对没经历过的东西感兴趣，没什么好说的。还是坐上了飞往宁波的飞机，第二天就上了普陀岛。

上岛的第二天去了百步沙，听说是走一百步就可以到海边，但如果有围栏不让你下去的话走两百步也到不了。傍晚时分，天色逐渐暗淡下来，远处的白云像被灌了红酒，晃晃悠悠挂在半空中，微微泛红。海面还是像中午那会一上一下翻卷着欢快的白色浪花，第一次从海中被带上来的小贝壳，留在沙滩上等着第二次的浪花把它带回去，两次的海水留在岸上的印记差不多都可以重叠在一块。即使因为台风的余温，浪花更加放肆地击打着沙滩，但放眼望去，海滩上找不出一个人影，便不会有人担心什么危险的存在。连岸上看热闹的游人都被这平静感染得打起了懒洋洋的哈欠。

“让一下让一下”的慌乱声音打破了人群中的宁静，身着橘红色背心的救生员小哥三步变作两步，身体灵活地从围栏横着的两个杆子之间钻过，几乎是跳下到岸边的台阶，在平整的沙滩上留下了一串淡淡的脚印。顺着他跑过去的方向一直望去，在视线能达到的最远端一个白色的人影像是从山脚底下冒出来的土地佬正在浪花边徘徊。橘色的点点和白色的点点好像在说话，之后橘色的就离白色的距离越来越远，人影也变得越来越大。

那人是谁?

修水管的。

后来我们去了千步沙，即使不能下海游泳，但能感受到冰凉的海水和柔软的沙滩也是极好的。从上了初中之后就没怎么去过海边了，可能是因为环境污染，但更多的是不喜欢海的短暂，如天空中的双子座流星雨。满天的流星雨陨落的时刻，灿烂短暂绽放的一刻，双手合十，放在胸前，低眸虔诚祝福，之后便渺无音讯。写在沙滩上想被大海带走的不开心，只冲走了你的开心，留下一个大大的“不”字。

可能已经过了爱海的年龄，开始爱山。

爱山的逶迤，爱山的永恒，爱山的成熟稳重，爱山的经久不衰。把开心刻在石头上，山会永远记得。

初遇台风

狰狞的台风咆哮着，像一个邪恶的魔鬼，放肆地撕扯着整个世界。风像神话里魔鬼作法那样，天空里顷刻出现了烧焦的破棉絮似的云块，变得昏天黑地、混混沌沌的了。风在桅杆上、支索上、电报天线上打着呼哨。伞在狂风中已经撑不住了，齐刷刷向一边倒去。在和台风对抗中，人显得太过渺小，像手无缚鸡之力的棉花轻飘飘经受着风的蹂躏。房顶上，街道上，溅起一层白蒙蒙的雨雾，宛如缥缈的白纱。这时一阵风猛刮过来，那白纱袅袅地飘去，雨点斜打在街面的积水上，激起朵朵水花。

不过幸好这些只是我幻想出来的台风的模样。

上次是紧随九寨沟地震的小尾巴，而这次直接和台风碰面了。

2018 年 8 月 12 日 23 时 35 分前后，第 14 号台风"摩羯"登陆浙江温岭，登陆时中心风力达 10 级(25 米/秒)，为强热带风暴级别，中心气压 985 百帕。台风登陆后将继续向西北方向移动，影响安徽、河南、山东等地。监测显示浙江北部、上海东部、江苏东南部出现大雨或暴雨，浙江舟山群岛大暴雨(100~122 毫米)，浙江沿海出现 7~9 级阵风。得知这一消息后，已经过了安检的我们手里攥着薄得仿佛是空气一般的登机牌惴惴不安起来，眼神也时不时往告示牌上瞟，在滚动的航班动态中寻找我们的那一班。"面皮"机场里面很大，各式各样的品牌商店应有尽有，心大的人自然不会去关注反正也改变不了的现实，而是对花里胡哨的娃娃机起了兴趣。

人品好，很快便登机了。在飞机上等起飞也是漫长的内心煎熬，手里玩数独的笔时不时会因为响起的广播声而停留在半空中。梦里的画面逐渐模糊，窗外的飞机发动机的声音逐渐变大，嚯，到宁波了。没有想象的狂风暴雨，也没有想象中的电闪雷鸣，淅淅沥沥的小雨点却一直没停过。宁波的云走得很快，像加了延时，感觉时间也从指间飞逝一般，想要尽可能多抓住一点。“摩羯”在南海观世音菩萨的法眼下变得格外温和，却令人捉摸不透它的脾气。

相对而言，第 18 号台风“温比亚”就没那么乖巧了。16 号早晨，手机上一连串的天气预报让我们不得不和这位不速之客打了个招呼，正巧赶上那天下岛，本来安排下午才坐船的我们，一大早迎着被风刮在脸上的冰凉雨露就赶到了码头，风的威力是巨大的，所有雨都被束缚着向同一个方向直线快速加倍的产生攻击性和杀伤力，长发在风中变得凌乱，但也顾不上那么多了，即使我们只是赶上了台风的前奏。

大自然的力量是人类无法想象的。

越来越好

空气中弥漫着强烈的香火气味，徐徐升起的烟雾与樟树的墨绿色树影一条条交织在一起，缠绕在庙宇的匾额上，显得相得益彰。只见游人寥寥，一派幽静，肃穆气氛；古木参天，松柏森森，秀竹郁郁，芳草青青。游览的行人学着寺中的僧侣双手合十，放慢步调，绕着巍峨肃穆的大雄宝殿，一圈又一圈为自己祈福，或是摆弄着手中一百零八颗的菩提。当微微发凉的串珠划过纤细的手指间，逐渐变得温热，像是有了灵气，翻开经书，墨香沁在了鼻尖，点一炷香，俯下身来，感受佛祖的温度。

一花一世界，一木一浮生。

清晨叫醒你的不是闹钟而是窗外的念经声，第一缕阳光经过大殿角楼最外侧的那只神兽，穿过樟树的枝头，照在放生池爬得最高的一只乌龟的脊背上，熠熠生辉。我带好外套，像一只啾啾报早的布谷鸟，被风牵着，就与普济禅寺邂逅了。落座于白华顶的灵鹫峰南麓的它早上容貌最为耀眼，前面的海印池玉液拥抱，粉墙环绕。夏日荷花盛开，绿叶田田，红花亭亭，景色迷人，憩此玩赏，凭栏临风，清香扑鼻，顿觉暑气全消，令人心旷神怡。

寺庙里人头攒动，左手请香火后，一张张虔诚的面孔在大殿前转向左前右三个方向，之后把燃得正旺的香用右手规规整整插在正前方的香炉上。几个天真烂漫的孩童蹦跳着把早攥在手心里已经汗津津的硬币抛到香炉上面的翘脚上，乐此不疲。更多的人去到正殿里跪拜观世音菩萨，金沙池袅玉莲馨，殿阁阶墀尽水精。云化路歧通万国，风飘舟楫济群生。

“不肯去观音”的奇幻身世，法雨寺九龙壁的威严大气，普陀山南海观音坐落于双峰山南端的观音跳山岗上，势随峰起，秀林葱郁，气顺脉畅，碧波荡漾。莲花洋彼岸的朱家尖，隔海侍卫；双峰山坡麓的紫竹林，潮音频传。

回到住所，拉开窗帘，打开一扇窗户，沏一壶淡淡的香茶，抄上一篇心经，耳边是幽幽古琴夹杂着风吹动树叶发出的哗啦哗啦的声响，品尝一次素斋，起得再早一点，越来越好。

西台子漫记

不知道什么时候开始感受到秋天的存在，是不知不觉穿上了就脱不下来的外套，是树上成熟得咧开小嘴的栗子，是中秋节、国庆节假期的接踵而来，好像都不是。

是西台子村迎接我们的阵阵凉风。

秋天的风和别的季节的风都不一样，它没有春风那么柔和，没有夏风那么热情，没有冬风那么凛冽，倒看起来平平淡淡，没有什么突出的特点，也常常被人们所忽视。但我觉得秋风是最有故事的，它很贴心，总是赶在人们穿好外衣后姗姗而来，它很乖巧，从不多吹一阵风，把树梢吹得摇摇晃晃，而是带来一个金色的、收获的季节。

摘下耳机，听一听栗子壳裂开的声响；戴上耳机，看一看这个五彩斑斓的世界。

风是有感情的。那紧紧包裹住裸露的脚踝的风，轻轻吹掉黏在鞋上的泥土，吹过披散的长发，吹上心头，像天使，给人们带来无尽的欢乐。

从山后面的小道爬上去，是人们走出来的土路，人走得多了，路就自然出来了。两边翻滚着的不止尘土的微小颗粒，还有从树上跑下来的"刺猬"——栗子青绿色浑身长满刺的外壳，它们淘气地到处乱窜，把肚子里的果实弄丢也是常有的事，这给游玩的我们增添了不知多少的乐趣。野山没有叫人讨厌的台阶，更多的是石板路和土坡，漫无目的地走，反正也只有一条路，不知道路的尽头在哪里，或远或近。山给人以沉稳的印象，爱它的高大，爱它的逶迤，把开心刻在石头上，山会永远记得。

望着山里夜晚的漫天繁星发呆，从未知道，天空原来如此清澈，我们原来这么渺小。“那是北斗七星，指引方向的。”

留给秋天的，只剩下褶皱的甜汽水和流汗的野菊花。

阅遍山河仍觉人生值得

“乘坐 D73 号列车的乘客，请到第六休息室检票上车……”把耳机胡乱地塞进口袋，抬头四处张望，四下里竟找不到落下眼眸的角落——居然会有这么多赶着回家的人。

年味正浓，北京城里人潮最为密集的地方便成了各种交通运输站，而在北京奋斗了一年的人们也终于要回归故里，回家过年了。北京站整点的钟声仿佛是远方的召唤，来往的熙熙攘攘的人群也像是被时间按下了快进键，川流不息。

每一节车厢都是世界的小小缩影，人生百态如百花争相开放。归乡的游子即使在梦里也不忘慈母的嘱托——早些回来，给你做好吃的。火车的速度如同社会发展一样迅速，窗外的景象像在播连环画，一帧接着一帧展现着祖国的壮美河山。

日落西山，回眸间竟是满目粉红，仅是一瞥便足以震撼整颗心灵。仿佛是掉进了颜料的染缸，天空毫不吝啬的，把大自然的全部美丽展现给孤独的人们，在这粉色的空气里展现着坚强背后柔弱的真实模样。“太阳的钟摆停在云层后面，不再摇落晚霞和黎明。”北岛温柔的诗句在空荡荡的头脑里打转，坐在窗边的人柔和的侧脸依靠在支撑的手上，只有这时他们才深刻体会到“生活不止眼前的苟且，还有诗和远方”。即使是坐在火车过道上只有站票的游子，也抱着行李望着窗外，眼眸中折射的是家的模样。阅遍河山，家依旧是最美的地方。

今年没雪，即使是地处东三省的吉林四平。不再是被雪塞住的单元门和冻裂的水管，取而代之的是说不上颜色的单调天空和糊到脸上带着炮仗味的寒冷空气。不过这并不影响那浓浓的，已经因为达到"熔点"而融化在空气中的年味——腊月二十八，宜赶集。那是过年前最后一次置备年货的宴会，也是大年三十前最盛大的仪式。

带着年味的风吹过低矮的平房小院，吹上二郎山顶的大雄宝殿，又从屋檐上的一角钻进放满金灿灿苞米的卡车里。那风挨家挨户叩响过年的门，吹过胶水未干的春联福字，吹过黏稠的糖葫芦上的糖，吹到热气腾腾，满满当当摆在桌子上的家宴上，喜气洋洋。那风最终随着窜上天空的"窜天猴"，炸出了灿烂的新的一年。

戊戌狗年即将过去，己亥猪年即将到来。那只可爱的小猪满怀着一腔热血，拼命想看看这个精彩的世界，想看看这个令时间骄傲的你，它想带给你不一样的惊喜和365天的快乐。而你欺负过的小狗已经悄然间卷铺盖回家了，它和你度过的每分每秒都很快乐，只是希望你能再努力一点，再勇敢一点，万事比你预想的再好一点，不用太多，就只要一点就够了。

"等不到冰雪尽融的时候，就放一把火把雪屋都烧了，烧成另一个春天。"

明天除夕，明天立春。

被遗忘的春天

慵懒的冬天随着烟花炸开的瞬间被叫醒，顺带着唤醒了北京的初雪，让许久没见过雪花的北京娃娃们着实激动了一把。不知道是什么运气，在东北过足了冬天，赶着雪的前奏就直奔美丽的海南岛，成功错过了每场雪。当温暖的海风徐徐刮在脸上时，霎时间竟然忘了，现在还是冬天。

“如果大地早已冰封，就让我们面对着暖流，走向海。”如果温暖的气温无法将冬季藏在心底的那些忧和郁融化，就让我们扑倒在海水里，把那些乱七八糟统统冲刷干净。

生活在海南的人，应该比其他地方的人都要多一点幸福吧。他们不会去体验冬季的寒冷和绝望，不会因为天色太晚而在路口瑟瑟发抖。他们每一天都在享受空气赋予的温度，即使这一天都没有人向他问好，也不会感到悲伤。海包裹的浪仿佛也插上了快活的翅膀，在沙滩上打着转儿。那些明媚阳光下的树、花、人们，都拥有着快乐的灵魂，从未见到过一丝阴霾去打扰他们的快乐。

海在守护它的浪，太阳在守候它的海，我们站着不说话，就十分美好。第一次正经在海边看日出，已然成为生命中无法遗忘的美好回忆。一直以为日出会很快，像一道两分的选择题，在那一瞬无法改变，无法控制，谁知它竟有考虑是否要藏在云层里不出现的机会。

当太阳把云映成玫红色，云的轮廓被镶嵌上金黄色的边，就连海天相接的海平面都被勾勒出模糊的边缘，阳光反射在贝壳绚丽的内侧，最终照耀在每个渴望希望的人的面庞。在“鸡蛋黄”一点一点越过海面时，脑海里闪过无数个稀奇古怪的念头，等到太阳完全升起，就只剩下“海上生明日，天涯共此时”，而“生”字的用意也随之沉淀，剩下精髓，体会到从未邂逅过的感触。

碧澄澄的天空，温热的海风，潮湿的衣角，无一不在诉说着海的温柔，而那空气中的温度也久久留在炙热的胸膛。

冬天过后，我遇到了火热的“夏”。

你瞧，连这篇文字，都把春天给遗忘了。

三沙缘　三沙情

三沙，一个听上去遥不可及，又神圣到频频出现在新闻联播上的地方。三沙市，是中国地理位置最南，总面积最大，陆地面积最小，人口最少的地级市。它仿佛一颗耀眼的明珠，在微弱而茫茫的地方散发着迷人的魅力。

有幸领略它的风采，宛如在碧波荡漾的大海里拾起一颗绝世瑰宝。在飞机上俯视平静的大海，仿佛是只加入了蓝颜料的调色板，明亮清澈，不带有一丝杂质。当飞机的倒影映在海面上，对于宽广无边的大海来说，就像点点繁星，随着时间的流逝渐渐藏匿于云层，照射出彩虹的颜色。

轰鸣声把乱飘的思绪扯回地面，明媚的阳光刺得人睁不开眼却还是拼命想看尽眼前的一切，那些严禁拍照的牌子更是让人想要一探究竟。坐在电瓶车的最后一排总觉得像是占了便宜，能看到的东西也比坐在前面多得多。凉爽的带着小盐粒的海风轻抚过耳边的几缕发丝，旁边的植物都向后倒退，一路上看到的人只有身着海军服的兵哥哥，蓝白相间的条纹却显得那么相得益彰。

高高的礁石上挺立的石碑映入眼帘，在海风最先邂逅的地方是二战时日军留下的炮楼、中华民国政府设立的“海军收复西沙群岛纪念碑”和中华人民共和国政府设立的“南海诸岛纪念碑”。听着浪花拍打岩石的声响，看着蔚蓝的大海，什么都不想，就小心翼翼地感受着心脏随之用力地跳动，是震撼，是一颗赤诚的心找到归宿。

永兴岛，又名“林岛”，因岛上林木深密得名。1946 年国民政府永兴号军舰接收西沙群岛，以舰名命名岛名，以示纪念。上面一条路一条路的都是椰子树，岛西部有一片被称为“西沙将军林”的椰林，这是中国共产党和中华人民共和国国家领导人以及 100 多位将军先后栽种的。椰子树高大挺拔，就像是一位位海军将领矗立在祖国的最南端，接受阳光的普照，海风的亲吻，让人们不禁产生巨大的安全感。

一次三沙行，一份三沙缘，一生三沙情。

祖国壮美的河山总能给我们带来无尽的赞叹，更因为有祖国二字赞叹升华为敬意。当对万物的爱被赋予，我们应该感谢创造出万物的自然，而创造爱的是阅遍大美山河的自己。

此生必驾

早在2017年，就和辰辰约定，要在我初中毕业、她小学毕业时一起走次川藏线，为我的初中生涯和她的小学生涯画上一个圆满的句号。2019年暑假，在辰辰爸爸精心策划下，我们开始了这“川进青出”的难忘之旅。

如果写成都十二时辰，那一定是最舒服的二十四小时

经历了三天考试的蹂躏以及在一天之内公布全部成绩，跌宕起伏的内心拼命渴求一份安静的慰藉。放假第一天上午，趁着老师还没想好通知些什么，便踏上了从川藏进、从青藏回的自驾旅程。

第一天先从北京坐飞机到成都和小伙伴们会师，刚落地就感受到了成都的温润空气柔和地拂过面庞。而应和着热气，同样给人带来快乐以及满足的龙抄手店铺，更令人喜欢成都这个城市。

都是可以独当一面的小吃，可如果想要在一个地方都吃到个遍，那么这家店铺则是最佳选择。成都，一个最适合人类生活的城市，其中一个理由就是有数不尽的美食，即使是辣椒油也是带着扑鼻香气，绝不会让人有火烧火燎的味觉。

成都人的生活方式是慢节奏的，他们享受着生命里的每一分每一

秒，将生活的压力以及无趣投身于打麻将和火锅里面。就连太古里和锦里人山人海中也不乏晃荡之辈。

“拿漏勺舀汤”“石鸡锅”“要吃到睁不开眼”——“任何胡言乱语都可以称为高反”

两年之后再故地重游，桥头堡抄手店还是依旧摇摇晃晃，破败不堪，却还是人头攒动，热闹非凡。这家店只卖两道菜，一是鸡汤抄手，二是凉拌鸡肉，但还是吸引了许多游客慕名而来。两年的变化并不是很大，可能是为保证特色不变，店铺的外观没有进行大的改动和修缮。同时没有改变的，是这口世间美味。

一路走过，除了美食使人记忆深刻以外，开车经过的道路更是旅行成功的最大因素。其中，13.4 公里的二郎山隧道不知给长途跋涉减轻了多少负担，隧道顶上闪闪发光的五星红旗最是令人震撼。人类总是能创造奇迹的，只要肯干，肯去努力。

经过了一天的颠簸，傍晚时分抵达康定。如果说成都是最适合人类居住的城市，那么康定一定是幸福感最强的城市。有着两年前的美好记忆，即使飘着淅沥小雨，也沿着城中的折多河溜达到情歌广场看那里的居民跳舞。一首一首连续播放又不重复的民族歌曲，渲染着广场上的每个角落。而听到音乐的所有人都会不由自主地被感染，脚下的舞步也跟着节拍流畅起来，就连因为海拔升高略感不适的高原反应都被舞蹈掩盖得消失殆尽。

所有的难过，压力，紧张，忧郁都在这一刻，被快乐和幸福排斥掉了。而康定城里的老百姓一定习惯了枕着悦耳激昂的波涛声入眠吧。

翻越六座山只为来看你

早上从康定出发，如鱼鳞般的白云为我们开启了新一天的旅程。连续翻越了藏区六座雪山：折多山(4298 米)，高尔寺山(4412 米)，剪子弯山(3990 米)，卡子拉山(4718 米)，海子(兔儿)山(4696 米)，波瓦山(4513 米)。路两边的景象才是买门票都买不到的世外桃源。

六座山过后是毛垭大草原，高原草原与平原草原有所不同，上面最常见的动物是牦牛，自驾族也喜欢管它叫“一万八”。因为藏民喜欢放养牦牛，在马路上遇见肆无忌惮，大摇大摆走着的它们也是常有的事，但如果被车撞到，至少要赔一万八千块，而且牛肉还不让带走。所以在路上，它们才是老大。

翻越了六座山，感受到海拔升高带来的缺氧，这一切都是为了一个目的地——稻城亚丁。

《从你的全世界路过》中说道：“我偷偷地告诉你，有一个地方叫作稻城，我要和我最心爱的人一起去那里，看蔚蓝的天空，看白色的雪山，看金色的草地……”现在，我们到了，和爱的人。

蓝色星球上最后一片净土

走进亚丁景区，一个小时山路的大巴车把我们与雪山的距离拉近。大巴车开得很猛，蜿蜒曲折的盘山路像卧在山上的巨龙，一旁是从葱茏到近乎没有的植被，一旁是愈来愈醒目的央迈勇雪峰。云雾渐渐消散去，我们的心情也随之变得高涨起来。

冲古寺静静守候在山腰上，即使不进去也能感受到它的神圣。找一个阳光普照的石阶上坐下，拾起几块平整的石片摞成小小的玛尼堆，承载着心愿，接收着寺院的滋养。

乘坐电瓶车到达洛绒牛场，四周是群山环抱，中间是平坦的草场，夏诺多吉坐落在最显眼的地方。流淌下来的冰川水汇成一条河流，在草甸中交织，孕育了一片花海。天空放晴，雪山毫无掩饰地展露在我们面前。

距离卓玛拉措(又称珍珠海)虽然只有单程 1.5 公里，但在 4000 米以上海拔的高度走一百米都要歇息片刻，以平复喘息。木栈道和铁架桥相互连接，守护着上山的路。一路上停停走走，见到了形形色色的爬山的人，有的大口吸着氧，有的坐在一旁默默欣赏着眼前的风光，更多的是矫健的步伐，一步一步稳稳走向终点。

珍珠海美得不像话。

当一潭清澈而碧蓝的湖水映入眼帘，之前浑身上下的疲惫全都一扫而空。而仰头望去，仙乃日仿佛近在咫尺。当这两者出现在同一个画面里时，那种震撼、惊艳无法用任何语言描述出来。当时只想说：世界上怎么会有这么美丽的景色，顿感人生值得。

must go in your life

从亚丁景区出发，调头回到昨天经过的尊胜塔林。顺时针方向围绕转经筒进行瞻仰，神圣之意浮上心头。大型的玛尼堆也格外壮观，不禁想让每个经过它的人都想在上面再积一分功德。

早上起来，乘着和煦的阳光，经过一段盘山公路，在一块"不忘初心"的牌子下进行了撒龙达祈福的仪式。这种小纸片上面印着马和各种祥瑞兽类，在藏区叫作龙达或风马。藏族人们用这种独特的方式祈祷安康，表达自己对佛的崇拜和敬仰。在灵气聚集之处(神山圣湖等)，挂置印有敬畏神灵和祈求护佑等愿望的风马，让风吹送，有利于愿望的传达和实现。

路过世界上海拔最高的民用机场——4411米的稻城亚丁机场，中午到达世界高城理塘享用可遇不可求的高海拔午餐。下午遇见了姊妹湖，两个海子挨在一起，被山峦包围着，被弯曲山路陪伴着。顺着毛垭大草原，从理塘来到巴塘，一窝温泉藏在山峰之中，给旅行路过的游人们带来轻松的好心情。

如果以后开不了出版公司，那我就来西藏当个牧牛(羊)人

和巴塘告别，走过金沙江大桥，波涛汹涌的河水冲刷着山脊，也不

知道能不能淘到金子。路过竹巴龙检查站，姜导紧张地把五个人说成四个人，引起卓玛的偷笑。驶入五十公里的海通沟水毁路段，颠簸中到达进藏第一县城——芒康。

下午翻东达山垭口——川藏南线上海拔第二的垭口，位于西藏左贡县境内，垭口海拔标高 5008 米。却正逢武警部队断路抢修，在五千米的海拔滞留三小时。宛如一条花花绿绿的长蛇停留在山路上，时不时摆一摆脑袋。稀薄的氧气使坐在车上的人们劳累不已，情绪低落。

“我会把西藏的一切美好分期发给你，给海子一点，给峡谷一点，给一万八一点，给冰川一点，给七十二拐一点。当你觉得生活不可爱时，你就能感受到，它们从四面八方跋涉千里向你奔来。”

洗去一身疲惫从左贡出发，一路上云里雾里，幸好风也不小，在观景台上等了一小会儿便云开雾散，怒江七十二道拐也露出真面目。只见迷雾渐渐缭绕于头顶，之后慢慢飘散，曲折的山路令人震撼。

下午抵达然乌湖，四面环绕冰川，而冰山脚下一潭静水。正如骑行的游人路过这里时刻，在石头上的诗句：四面青山丽日心，一湖碧水满柔情。老夫也做神仙梦，白云悠悠洗凡尘。晚上入住集装箱式酒店，也体验了一把住在房车里的快感。

要做自己的太阳，
因为等日出是等不到的

闹铃响起时还是满天繁星，三五下穿好衣服便推开门感受清晨的温度。湖边的早晨是安静的，没有人的嘈杂，没有水流的波涛，就连冷风也吹得温柔。6 点 16 分，向着太阳升起的方向前进。山连绵起伏，可以说把太阳挡了个结结实实，但天倒是亮堂起来。

时不时天空中出现被晕红的云彩，都能挑动心弦，可直到 7 点半，太阳也依旧没有露面。怀揣着遗憾，今日份启程沿帕隆藏布江朔流而上，向川藏线上最后的天险通麦出发，车从水道驶过，两边溅起朵朵水花。进入林芝，山上的树茂密成林，山下河水流淌，恍若江南烟雨之美景。通麦天险已变为大桥与隧道，壮观无比，对往昔的敬意也油然而生。

到达鲁朗，恒大的酒店在烟雨绵绵的笼罩中有着西藏独有的气质。民族风情的一幢幢小院，无限放大着雨滴敲打地面的声音。念叨了一路的“石鸡锅”最是美味，当地人自己做的馒头更是柔软可口，令人念念不忘。

海子的诗中写道：西藏，一块孤独的石头坐满整个天空。他说，在这一千年里我只热爱我自己。

云里雾里六个小时

早晨翻越海拔 4702 米的色季拉山，在山口打卡一张背景“纯白”的游客照，便继续在雨中赶路。可惜天公不作美，迷雾之中没有在山顶望见世界第 15 高峰——南迦巴瓦峰（海拔 7782 米）。之后开上林拉公路，经过工布江达县开始翻越 318 线的最后一座雪山，海拔 5013 米的米拉山。一路上云雾陪伴，天气就像娃娃的脸说变就变。每当转弯时，向悬崖外望去，各类植被在迷离中探头探脑，若隐若现，更像是行驶在水墨画里面。

下山后沿拉萨河谷行驶，经达孜县眺望抵达西藏自治区首府——“圣城拉萨”。一进入拉萨，天空放晴，蓝天白云，阳光明媚——就像是进入了另一个世界。大城市就是不一样，有着平坦而宽阔的马路，车水马龙的街，成群的游人，找不着的小路口。晚上乘着毛毛雨来到了“文成公主剧场”，看一场以大山为背景，雨滴为映衬，冷空气作伴的露天夜场演出——藏文化大型史诗剧。即使内容并没有想象中的惊艳，但这次经历也足以充满一个美好的夜晚。

住进布达拉宫，我是雪域最大的王；流浪在拉萨街头，我是世间最美的情郎

昨天第一次见到布达拉宫真容，小伙伴们早已激动得只会拿起手机把这一秒延长，可能外地人到北京看到天安门也是同样的感受吧。早上9点跟随地导打车前往布达拉宫，因为预约进殿时间是11点半，所以有充足的时间游览外围景点。

给人印象最深的当属“雪监狱”，为旧西藏名声在外的雪巴列空用来关押犯人的地方。刑具繁多，刑法严酷，阴森的环境中夹杂着烘托气氛的惨叫声，令人闻之胆战。

布达拉宫的主体建筑分为白宫和红宫两部分，白宫是达赖喇嘛的冬宫，也是原西藏地方政府的办事机构所在地。红宫位于布达拉宫的中央位置，外墙为红色，宫殿采用了曼陀罗式布局，围绕着历代达赖的灵塔殿建造了许多经堂、佛殿，从而与白宫连为一体。人山人海掠过陡峭的楼梯，酥油强烈的气味扑鼻而来，可以买下半个上海的珍珠熠熠生辉，游人僧人虔诚的目光洒在金碧辉煌之上，即使你身处其中，各种讲解都听不明白也记不住的话，也能依旧被这种信仰所感染。

中午一顿东方宫的牛肉面抹去上午奔波在石头坡上的劳累，下午整装出发前往大昭寺。映入眼帘的除了被阳光照耀得闪闪发光的金顶，还有磕长头朝拜的人们。川藏线上流传着一条“鄙视链”，开车自驾川藏路位于鄙视链最底层，骑自行车的看不起开车的，徒步的看不上骑行的，磕长头的位于最顶端，无人能比。

而大昭寺便是他们朝圣的终极意义。“先有大昭寺，后有拉萨城。”环绕着大昭寺的著名转经道八廓街的地面已经被长磕者磨得光可鉴人。它犹如一条穿越时空的隧道，每天汇聚着来自四面八方终于到达目的地的信徒，以及那些没能磕到这里的人们的信物——他们的牙齿，被镶嵌在大昭寺的立柱上，代替他们纯洁的灵魂。

欢迎您来到人间天堂

拉萨，除去它拥有着著名古迹的光环，它是一个带有特殊魅力的城市。它没有因为经济发展而失去本真，就像城里流淌过的拉萨河，时过境迁，依旧冲刷着时间的烙印。早餐后离开拉萨，走上青藏公路，途径羊八井进入藏北草原，一路上听着“天路”，走着天路，两旁的风光美不胜收。

翻越念青唐古拉山进入纳木错，纳木错位于西藏自治区中部，是西藏第二大湖泊，也是中国第二大的咸水湖，西藏的“三大圣湖”之一，古象雄佛法雍仲本教的第一神湖，为著名的佛教圣地之一。

纳木错拥有着一个个“圣湖”“神湖”的高大上名称，可它看上去就像一块晶莹剔透，未加任何修饰，纯粹而清澈的蓝宝石。就连下到湖边的路还是一颗颗小石子铺成的土路，湖边是一只只用来当模特的白牦牛和自在翱翔的海鸥，和熙熙攘攘找角度的人群待在一起的和谐画面，好不热闹。

之后驱车途径当雄前往那曲后入住酒店，这是此行海拔最高的一晚（4500 米）。在后备箱颠簸了一路的氧气瓶也终于派上用场——并不是高原反应，而是省得浪费。房间里的制氧机温柔地冒出新鲜氧气，手里的氧气瓶滋滋喷个不停，这绝对是其他旅行无法拥有的奇妙夜晚。

你会在无人区遇上一些野生动物，
也会在动物世界里遇到一些人

刚刚经历了旅行中最艰苦的一夜，即将迎来最艰苦的一天——开车 810 公里，从那曲到格尔木。早上五点，披着漫天星星，拖着满当当的箱子，继续着没做完的梦，两辆车开上了驶入光明的路。漆黑的城市是安静的，即使有一两家没有关灯的店铺牌还在夜里闪着灯，也丝毫不会打破这份沉寂。恰巧一小觉醒来之时瞥到山的轮廓被绣上红边，一场日出跟随着自己的节奏缓缓升起，照亮每个赶路人的心尖尖。

一碗甜而温热的八宝粥下肚，外面的世界已经明亮。继续在路上奔波的人们，除了司机都东倒西歪睡作一团。中午一窝冒着徐徐热气的饺子给予了最好的心灵慰藉。唐古拉山口在蒙语中意为“雄鹰飞不过去的高山”，是青藏高原中部的一条近东西走向的山脉。而我们就像是雄鹰，也在雪山下落脚，在5231米的山口停留。

虽然说是按照导航走，不如说是跟着昆仑山脉走。走着走着进入了可可西里，虽然是无人区，可前后车排成行，倒像是进了野生动物园。一边等待着藏羚羊的出现，一边吹着无人吹过的风，那种感觉就像是拥有了别人无法占有的，只属于自己的宝藏。人类闯入了它们的世界，而它们依旧快活地活着。被困无人区一小时，居然是因为有人在修路。无人区这三个字，渐渐只能成为自己的心的代名词。

16个小时的行驶，颠出了手机的两万步，即使一整天都没有看到什么景点，可这一路上的风景又比AAAA、AAAAA级景区差在哪里?甚至一票难求。而这，可能也是自驾的意义之所在。

低头撞见另一个可爱的自己

一上午四百多公里的路程，也没什么观景台，所以显得车上的时光有些乏味。不过时时望向窗外的青海风光，时时唱唱歌拍拍照倒也没那么无聊。青海的生态和西藏明显不同，一路下来看到山坡上植被茂盛，完全可以用养眼一词来形容。

下午到达茶卡盐湖，这可能是旅行中小伙伴们最期待的一个地方。茶卡盐湖被旅行者们称为中国“天空之镜”，从当天明媚的阳光便能看出，这里的风景一定很惊艳。茶卡盐湖的故事已经听了几遍，对它的第一印象就是拍出的倒影会很美，当心里的憧憬和热情火焰逐渐燃起时，乌央的人群足以浇灭一半。

早已不是西藏的凉爽，仿佛是被拽回了现实，重新感受到了夏日的炎热。一贯的景区套路，昂贵的小火车令我们嗤之以鼻。从门口徒步走向盐湖，一路踩着盐粒，望着盐制成的雕塑，仿佛就是一名晒盐的工人，每天在这样的环境中工作，怎曾想过盐湖有朝一日会被称之为仙境。

几次被人潮动摇是不是要下到湖上，最终还是咬咬牙到了能和盐湖零距离接触的地方。湖水并没有想象中的浅，有的地方几乎可以漫过小腿。更要命的是粗盐的质感令人不敢恭维，各种红丝巾红裙子晕染湖面，天空之境的美好，瞬间如镜子碎了一般形象崩塌。坐上回程的小火车，透过窗子望向外面，当人群小到可以忽视，蓝天、白云、清澈的湖面、美丽的倒影，组合在一起，这才是人们真正追求的盐湖美景。

告别老地方送别老朋友，
又遇老地方又见老朋友

昨晚下榻青海湖边的民宿，早上坐在藏式花样的毯子上喝上一口暖胃的绿豆粥，三两样小菜加以简单搭配，神仙都未必可以享受到这舒服的美好早晨。因为种种原因，青海湖景区进行了大规模调整，所以跟它相处的时间并不多，最近的距离也只是相隔一片油菜花海。

很多人都会这样问："去青海看油菜花吗?"油菜花反倒是比一些景点还要名气大些。身处于这样的海洋里，微风吹过花枝，摇出一波浪潮。那些凑近花儿的人们，脸上也被晕出了灿烂的微笑。车就沿着花海行驶了几十公里，青海湖淡淡模糊在视线里。

车继续驶向远方，逐渐驶离青海，进入甘肃境内。在青海游览的最后一个景点是西宁市的塔尔寺，名于大金瓦寺内为纪念黄教创始人宗喀巴而建的大银塔，藏语称为"衮本贤巴林"，意思是"十万狮子吼佛像的弥勒寺"。里面的酥油花、壁画和堆绣被誉为"塔尔寺艺术三绝"，几年前的记忆也逐渐清晰起来。

来到了此行经过的第四个省甘肃省，又遇老地方，可这里又再一次因为飞速的发展而带给人们惊喜。城中穿河的城市因为有河显得温柔，而灯火辉煌的夜晚因为有老朋友陪伴而更加美好。

好像我长大的时候

总能碰到一些特别温柔而可爱的大人

让我在低落暗阖时透过重重迷雾

依稀间看到明亮而坦荡的未来

正常行程的最后一天，小伙伴们陆续各回各家。而留在这里吃中午饭的小团体自然醒过后在市区里打卡。第一站黄河母亲，是表现中华民族母亲河——黄河的石质雕塑艺术品。第二站兰州中山桥，位于滨河路中段白塔山下，被称为“天下黄河第一桥”。中午一顿心心念念的小火锅和羊肉串，足以填满整颗心脏，给此次路程画上圆满句号。

为躲避北京的“下开水”(高温及下雨)，决定在甘肃逗留几日。很长的一段高速之后进入临夏市区，从新城上山，来到了“甘南第一村”。更类似北京郊区的农家院，山坡上一座座木房子顺势而建，每户都可以自己做饭烧烤，也给山林里增加了些烟火味、人情味。

对于很多少数民族地区的男人，唱歌是他们生命里的一部分，临夏和甘南也不例外。在他们挺着啤酒肚，划拳喝酒时，浑厚而激昂的歌声更能助兴。一场痛快的大雨撬开了木屋的窗，一个颇不宁静又凉爽舒适的夜晚到来了。

从古名改成现在名字还变好听了的城市屈指可数，临夏算一个

来甘肃四五回，还没打卡过临夏的景点。下午去到东公馆进行参观，这座由青马家族修建的公馆，极尽奢华，原本是准备修建给其眷属居住，无意间为中国的砖雕艺术留下一座极其宝贵的大观园。虽然和大型的博物馆无法媲美，但古老的瓦片，四角的天空，静静盛开的牡丹，翱翔的飞燕，也别有一番情趣。

车行驶到山顶，可以看到临夏的全貌，就像一个巨型的沙盘，好像

一伸手就能触碰到谁家的房顶。太阳不那么刺眼的时候，我们来到了一个主题园——八坊牛文化产业园，既可以隔着玻璃观赏干净而气派的养牛场，也可以坐在南瓜样式的车里被骆驼拉着逛。

临夏虽然算不上发达的大城市，可是麻雀虽小五脏俱全，它宛若一只凌驾于积石山和太子山中间的金麻雀，飞往蓬勃发展的无尽天空中，飞得那么有力而自由。

总有些话要说出来

也总有些事要记在心上

比如

此生必驾

这是一次美食之旅

正所谓一方水土养一方豆腐，穿越四省区，领略几大菜系，体会不同风味。虽然大部分时间都吃的是川菜，但高山雪鱼，藏餐等特色美食的出现，不但使好奇心得到了满足，胃也得到了满足：

从第一顿在成都吃的龙抄手，到康定的牦牛汤锅配牛肝菌煮泡面，从念念不忘的“石鸡锅”，到被排斥又逐渐接受的藏式佳肴。

即使麻酱党在油碟辣椒酱中找不到立足之地，可最后还是吃得不亦乐乎。人生就像吃一样，各方面融合、接受、享受，才能吃遍天下。

这是一次人文之旅

第二次来到泸定桥，增加了两年的阅历，看到依旧是摇摇晃晃的铁索桥，却有了更深的感触。当初的战士强渡大渡河，飞夺泸定桥令如今的人们敬佩，现在的老党员身着仿制的红军军装，排好队九连拍，也颇有意思。

神圣的布达拉宫出现在我们面前时，它比想象中的还要雄伟，时不时就会看见念经的僧人，当你和他们对视时，你会看到一双最清澈的眼睛。

大昭寺前满是磕长头的信徒，金碧辉煌的金顶在阳光照耀下熠熠生辉。塔尔寺的酥油花精致生动，最小的转经筒昂贵罕见。路过又折返观赏的尊胜塔林，顺时针方向围绕转经筒进行瞻仰，神圣之意浮上心头。

和当地人一起跳锅庄舞，即使天公不作美，人们优美的舞姿，依旧能感染每颗渴望幸福生活的疲惫心灵。在“不忘初心”牌子下撒龙达，在夜晚看露天藏文化大型史诗剧文成公主……

其实，只要是和你们在一起，即使只是坐在湖边，望一望雪山山顶，也能看到一道彩虹。

这是一次挑战之旅

从成都出发，兰州收官，全程近万里，翻越五座海拔五千多米和二十多座四千米以上的高山，穿过多个隧道，其中有最长 13.4 公里的新二郎山隧道和建在海拔 4740 米的米拉山隧道，感受怒江七十二道拐的蜿蜒曲折。

这一趟也历经不少，赶上电梯停电咣当一声两天没敢坐电梯，山路上行驶一转弯路中间几块掉落的飞石，在可可西里无人区被困一个小时，在五千米海拔等待修路被滞留三个小时，从早上五点驾驶 810 公里一天开车 16 个小时，还有那些坑坑洼洼颠簸的老路，阴魂不散的高原反应，住在海拔 4500 米的那曲，靠制氧机和氧气瓶进入梦乡……

一行十人上至 50 多岁下至小学刚刚毕业

我们战胜了这些挑战

并在这些挑战中体会到了旅行的无限乐趣

这是一次

自然之旅

穿越四省区，经过二十余市县，车翻越雪山，在金沙江、澜沧江、怒江三江流域及帕隆藏布江边穿行，中途停靠几十个观景台。看到各个山口、垭口的万种风情。路过毛垭大草原，藏北草原。

去到姊妹湖，藏东部最大湖泊然乌湖，细致游览稻城亚丁的珍珠海和三座大雪山央迈勇(海拔 5958 米)、仙乃日(海拔 6032 米)、夏诺多吉(海拔 5958 米)，天空之镜茶卡盐湖及两大咸水湖，纳木错和青海湖。

一路上看到的雪山与冰川数不胜数，第三天翻越六座山：折多山 4298m，高尔寺山 4412 米，剪子弯山 3990 米，卡子拉山 4718 米，海子(兔儿)山 4696 米，波瓦山 4513 米；后面的行程翻越五座海拔 5000 米以上的高山：东达山口 5008 米，米拉山口 5013 米，那根拉 5190 米，唐古拉山口 5231 米，风火山 5010 米；穿越可可西里，遥望昆仑山脉。

原来的通麦天险
修成安全气派的
通麦大桥
原来落后的小城区
建设成为发达富足的大城市
一个个村寨或市县脱贫致富
……
山坡上的标语
“感党恩　爱祖国　守法律　奔小康”
早已刻在
每个人心上

帅哥都上交给国家了

清早的第一缕阳光射进屋里，如果不是伸伸腿发现并没有伸出床外，可能还会以为身处于下一秒就面临听哨声集合的军训时光。

本以为 24 度的室内，空调房里的白 T 恤，冰镇过的清甜西瓜和桃子，干净的木地板，背后靠着沙发，电视机里播放着有趣的综艺节目，大抵是美好的夏季。

谁曾想到，烈日之下，十几个小时的训练，腰带一松几乎要掉下来的裤子，每顿不变的洋葱、土豆、肥肉，枯燥的队列军体拳也能让这个夏天变得难忘起来。

第一次靠近明德，它像是个都到哪都会闪闪发光的少年，骨子里就带着高贵气质和优越感，却带给人和善、包容的温柔印象。

第一次来到真正的部队，拥有着前两次军训的经验教训，早已有了充足的心里预设和对教官套路的无视与接受。第一顿饭总是带着善意的外表，下马威和训练强度总是逐日增加，仿佛是打一个巴掌给一个甜枣，教官却乐此不疲。而我们，吐槽却也在默默珍惜着说明天见就真的可以明天见的日子。

那个繁星闪烁的夜晚，一切都显得平静如常，甚至还因为疲惫而睡得更香几分。一声尖锐的哨声划破天空，打破了月色朦胧下的甜美。紧急集合冷不丁地来了，手忙脚乱地把衣服套好，扣好腰带跳下床，嘴里还不忘嘟哝几句。顶着教官的吼叫跑下楼，插进七扭八歪的队伍里。夜色在训练场的几盏大灯的强光下天边发白，熙攘的人群混沌而困乏。本以为集个合就能草草了事，谁知跑步三圈的命令接踵下达，足以使人清醒且郁闷。等回到宿舍，宛若一堆藕断丝连的乐高零件，沉沉睡去。

庆幸的是部队里的教官既不是严肃而不留情面的冷脸王，也不是自负又阴晴不定的怪蜀黍，他们完全是脑海里想象出的军人的模样：有关专业的事情英姿飒爽，平日里也不乏风流倜傥。

烈日下一句句不厌其烦的口令，清晨夜晚提前的坚守，硬朗的面庞，嘶哑的嗓音，泛白的刀疤，就连走路的每一个背影，每一次立定都那样挺拔而刚毅。就像明媚的阳光，带给人无尽的温暖与安全感。

军训一点一点慢慢地晃过去，所有人都在拼命逃离被控制、被束缚的空气，也同样在拼命寻找一切可以让人忘记时间的新鲜事物。在训练之余的一个休息空闲，三三两两的女孩子躺在石板地上，仰望着城里孩子不常见到的漫天繁星，在那一刻，空间范围内没有了自我的存在，只剩下浩瀚无垠的宇宙，和无数个小到可以忽视的尘埃。

无论是期待还是不舍，最后一天还是按部就班地来到了。平日里身着训练服的教官换上常服也和在天安门的升旗手没什么两样，跌宕起伏的惊叹引得一阵阵害羞——果然，帅哥都上交给国家了。闭营式上颁发优秀方阵，八选二，手心里浸着汗水，一句“明德书院”让场上沸腾，久久萦绕在心头，那种骄傲和快乐纯粹得像一汪清泉，一块碧玉。

遇见大泥湾魔法学校的拉文克劳

恍恍惚惚脱离了训练“邓布利多军”的魔爪，将生物钟向后调了一个小时之后，分院仪式如约而至。即使没有分院帽，这里依旧像拉文克劳一样充满着魔力。拖着大大小小的行李走进宿舍，兴奋和激动都在阳光的照耀下融化在跳动的空气中间，环绕着涌进六人间里。

草草铺完床，来到拉文克劳的公共休息室门口，一张桌子上码放着深蓝色书院卡，上面的鹰倒是萌化了一波少女心。

一顿将太无二作为暑假结束的庆祝，晚上的新生大会则为即将开始的新学期献上礼炮。教授为我们讲解了学校的规章制度，风趣的段子也让昏昏欲睡的脑袋兴奋起来。夜晚姗姗来迟，校园里的灯一盏一盏亮起，人们安静下来，却迎来了一天里自然最热闹的时分。

鹰院向来以智慧著称，而周围的人从头发丝到脚指头尖都透着学霸气质，但这样的氛围并没有使早上的破冰活动尴尬冷场，反而在学长学姐的带领下每个人脸上都浮现出笑意。这里的每一个人都拥有一技或几技之长，只有心往一处想、劲往一处使，才能把这些长处都发挥出来。

就像天上的星星，如果只有零星几颗，再闪耀也不会引人注目；可若是满天繁星，哪怕就是一块没什么特别的宇宙垃圾，也会有人看见我身上有星星的光。

大泥湾魔法学校永远存在着有人不知道的秘密。比如不会知道红外高清摄像头最多的地方在哪，不会察觉有的外挂空调会挂在里面，不会发现从一楼上到二楼居然会有七个楼梯，即使生活在这里三年之久。每一个隐秘的地方都可以被称为密室，因为那里总藏着人们的秘密，讲给时间去听。

巫师们在舞台上改变着时空——一场改编后的金陵十三钗，在没有戏服，没有专业道具，排练时间仅有一个下午的时间的情况下，依旧引得泪眼朦胧，深入人心。舞台上的泪水在灯光下泛出光芒，轻轻点在每一个台下的人的心尖尖上，却那样深刻，久久不会散去。

夏末的风变得凉爽，那些午后的时光都随着风摇曳出温柔。之前熟悉的面孔还是能唤起无尽的回忆，而最幸运的事情莫过于时光飞逝，物是人是，看着他们耀眼的身影依旧在身边晃悠，说不出的安心。那些初来乍到的新伙伴发光的眼睛里尽是青春的模样。

这是夏天专属的一次初见，挥一挥魔杖，带来一个巨大的盛会，纪念这届大泥湾魔法学院拉文克劳的孩子，他们拥有着一个共同的名字——明德人。

观察地球的第 375 天

致每一位在看这篇文章的人：

你好。

我还没有正式介绍过自己。

这里是“嘉言懿文”自动贩梦机，初心是想写自己喜欢的东西，带给读者与自身匹配、相等甚至满溢的爱和温柔。管理贩梦机的是一位身上拥有“北京作协小作家分会理事”“新创意作文大赛一等奖”“大泥湾魔法学校高一学生”等多个标签集于一身的文字拼凑师，不过真实身份可能是一只从外星球来的机器小怪物，来这里观察地球。

我是一个喜欢书写的人，写过童话，写过书评，写过小说，但更多的是絮絮叨叨的小心思。春天的风，夏日的夜，秋季的落叶雨，冬天的雪与年味，全部都想讲给你听。那些令我珍重的看过我所记录的每一日晨光的人，在不知不觉中已经陪伴了我一年的光阴。

截至今天，197 人关注，赞赏总金额 1.2 万，单篇阅读量最高 700+，在这么多人的厚爱下，我要感谢一些人：在三年级带我走上写作之路的温老师，一路上最坚定的后盾爸妈，还有为我转发过打赏过的“铁粉”们，还有从未改变过初心的自己。我愿意用今后的努力，带给你们以及我自己更多的惊喜。

创建公众号的那天曾经立下 flag：每周更新。这可能是目前为止坚持得最好的一件事，53 周，53 篇，每一篇里都是一腔热血，无数个拖稿的理由都被脑袋里正义的小人打倒。

潇洒的九月已经带着书香气息闯进夏日的闲暇，贩卖快乐的粉色晚霞提早收摊，藏在云朵后面的月亮警察当着太阳的面就出来巡逻，吹过耳垂的风里透着慵懒和凉意，这个说不尽也道不完的夏日好像就要收尾了。耿耿在自己的平行世界里说着：“如果真的会有世界末日，末日那天，一定不会在夏天。”

至于为什么是观察地球的第 375 天，不靠谱的小怪物数错了日子，想让这个夏天再长一点，因为她只记得梦从夏天的结尾开始。

我们拉个勾，如果你还在这里陪我，那我们就让我们在期待与忙碌中，等待着下一个夏天的到来。

一个月亮与星星挨得
特别近的夜晚
好梦

胡扯情绪守恒定律

有一段时间，就是语文课讲说明文的时候，特别喜欢把很多胡思乱想的东西，下一个看上去高级而严肃的定义，比如题目上这个：情绪守恒定律。

说白了就是生活中每当发生一件令人产生负面情绪的事情之后，就会发现周围出现了一件令人开心的事情。至于为什么要加上“胡扯”两个字，不妨先听我扯扯看。

情绪守恒定律的产生有两个基础条件，一是负面情绪，二是令人开心的事情。负面情绪是个很有趣的东西，它无法用一两个词讲清楚本质。类似悲伤、愤怒、紧张、害怕，但这些都无法概括我们生活中遇到的负面情绪，因为很多情况它们是同时发酵的。

就像憋着雨的午后，天空中没有太阳白花花一片，没有风闷得厉害，背着死沉的书包里面还有一个横着的水杯硌在脊柱那里，脑袋里胡乱地塞进了无数的作业，从中择出明天的 ddl(deadline)，最后期限，踢着脚下的石块平复心情的感觉。

令人开心的事情解释起来就比较方便了，因为大部分积极情绪最后都可以统称为开心。比如，好运，惊喜，满足，舒服，一次意外的高分，连载的小说，新歌新电影，消失很久的东西突然出现在你面前，轻松的聊天，想见到的人，风花雪月，诗和远方，失而复得和虚惊一场。还有很多意象是被情绪赋予了美好的感觉，也许耳边的一阵风也甚是温柔，连头顶的一朵云都甚是可爱。

解决了两个基础条件，再分析一下它们的联系。它们像权利与义务，奶茶与珍珠，我和你，都是因为对方而存在的。而这个守恒定律也是为安慰自己而存在的，即使它真的可能有那么点科学依据。

有时候发现过度的负面情绪累积是特别消耗能量的事情，等到能量耗尽，连自己喜欢做的事情都很容易放弃和颓废。也慢慢察觉到，学会自我消化，专注的读书和学习，才能给自己补充能量。而那些开心的事情也会飞奔过来，围着你打转儿。

胡扯只是因为没有进行调查和数据统计，但是你要记住，情绪守恒定律是真实存在的，当你在谷底时，怎么走往哪走都是上坡路。

上了生活的贼船

就做个快乐的海盗

人间情话收集者

天黑得越来越早了，微风经过窗口的时候，纸巾被吹得颤抖起来，看着书上满满当当的知识点，仿佛被巨大的黑暗笼罩着，看不到丁点儿光亮，我知道没有一束光愿意照进来——毕竟，这月光总要照拂许多人。没有光时，就试着握紧手里的笔，终有一天会变成闪闪熠熠的火把。

秋天诞生在聒噪的人潮中

今年的中秋节是个阴天，吃到的月饼比看到的月亮还圆。有花有蟹，有冒着徐徐热气的一盏茶，有提拉米苏馅的也有传统五仁，更有着忙里偷闲中的闲情逸趣。

一次又一次体会到，生活都会越来越好的。资源冷清的小白楼经历了一次破败之后，打造成了全新的模样。

楼梯刷上了彩虹色，让那些心里悄悄下雨的小孩也能看到雨过天晴，架起彩虹桥。

生活琐碎躲进秋天的臂弯里

当周围的情绪逐渐变为情愫，当记录下来的生活碎片逐渐变为碎渣碎末，当躺在操场上看云飘走，到只有天被黑色浸染才有空抬头看看。

这个忙碌的秋天展开了她宽阔的臂膀，人们学习着松鼠囤积松果的滑稽行为，开始拼命干着其实无关紧要的事情。

夕阳选择在一面窗前稍做休息，却还是把周围照得闪耀。白板上的字被时间凝固，可是总有人觉得是文字本身的力量。

回忆融进生活的每一刻，几乎错以为还没有错过

无数次在强压下怀念起衔接班的日子。那些跑上跑下，扔个书包就能占座的课堂，拥有着奇异的知识、话痨的老师，即使是不及格的卷子也透着一丝人性。

人生仿佛是以更高级的方式上演着同样的故事。当篮球杯揭幕战打响时，突然结结实实感受到了时间的伟大，一切美好的结局，一切无能为力，时间都可以救赎。

只是被衔接班历练了那么多场，怎么到了现在，看着追不回来的比分还依旧揪着心。

明德可以带给我一万次心动。那抹深蓝即使在暗处也同样耀眼，更何况她总是以傲人的身姿存在于明媚的阳光下。

另外，人间情话收集者欢迎所有深夜里的小孩把情话投进"嘉言懿文"贩梦机。至于会出来什么扭蛋，不妨来试试看。其实，人间就是最美的情话。

没雨夜短文

一

杜哥哥一句"今年我带的班让我很是想念大家"，让调快进度条的身体忽地掉进了温柔的漩涡里。开学已然四周，该经历的差不多都感受了个遍，那些被相互搀扶、微醺的灵魂高声谈笑，乐观得好像永远不会被打倒。

日思夜想的国庆假终于在连上了三天生化之后到来了，就连披着余晖走向校门时，耳边都不禁会回荡起一句"我和我的祖国，一刻也不能分割。"即使是背着一个又一个 ddl，心里打着赶作业的算盘，也不会忘记随口说一句"国庆节快乐"。

二

新交到的朋友也不乏有一些超级可爱的。"我记得你初中可高冷了，自带凶的气质。熟了才知道，原来这么美好。"朋友和路人的区别不过如此，偶尔揣在怀里的珍贵果实，都是要在粉色的天空下分享给喜欢的人。毕竟和我一样可爱的人产生交集，可以避免很多问题。

耳机里传来一句"想不起来什么原因，很常见的各奔东西"，朦胧月色中浮现出一打一打的回忆，又统统手动扔回后脑勺——走路总是要向前看的。拥挤的地铁里却挤不出一丝暖和，那些不会发光的眼睛，在肆意吸取着手机屏幕的亮度，妄想继续做个生动的人。

三

很早就一心只想为祖国母亲庆生，心中沸腾的热血，仿佛只在这个特别的时刻才能有合理的理由喷薄而出，仿佛平时大张旗鼓地说爱都是格格不入。在这个腼腆社会里，每个人都被内敛控制了多巴胺，被爱管住了嘴。

左手放着原版哈利波特，右手放着政治课本。在选择拿起哪一本看时，仿佛在完成一道人生命题，关于理想与现实的抉择。结果到头来还是选择捧起高贵的手机，在无所事事中巧妙逃避了这个问题。

四

最会骗人的其实不是男人的嘴，而是秋天的最高温度。本以为中秋过后会迎来徐徐秋风，穿一件薄毛衣还能显出些弱不禁风，谁能想到一只秋老虎带着后羿射下的太阳卷土重来，短袖又被安排上了。这绝对是最乐观的时节，就算日子过得再糟糕，依旧能看见明天明媚的太阳。

这时候的人们倒是像大摇大摆的蚊子一样活跃，各种活动和改革一天冒出一个，也不缺拿起苍蝇拍的一打一个准。只有往前走的时间按部就班，从来不会忘记在 ddl 时关闭提交页面。

五

每个人都希望有着像余秋雨一样的有趣灵魂，却没想到连话都不会说，比如我。不会说话还是得多看书，比如余秋雨的雨夜短文。可惜，好几天没下雨了。

国庆档小日子

从来不写日记，甚至对日记有些嗤之以鼻的小孩，已经坚持写了50天日记了：

9月30日

三部国庆档的电影早就在定档同一天之后开始暗暗较劲，预售破亿，点映第一。即使确定三部都是要领略一下，但先看哪部也早有定论。二刷《烈火英雄》都能眼圈泛红，同一班底的《中国机长》便成了期待值最高的一部。

“由真实事件改编”的字样已经可以狠狠揪一下心脏，2D的电影也能看出4D的效果。即使有一些缺点，但是在饰演副机长的欧豪半身挂在飞机外面时，饰演工作人员的李现一遍一遍重复“四川8633，成都在叫你”，那种震撼与紧张是令观众久久挂在心上的。饰演机长的张涵予和饰演空姐的袁泉，临危不乱的动作，平静如水的眼神，让里面的人和外面的人，都感受到一种心安。

看完电影走到家门口，望见早早挂起的国旗静静挂在那里，突然间再一次感受到了那种心安，是负重前行的人们，带给这个世界的岁月静好。

10 月 1 日

特地为了给祖国母亲庆生定了个早早的闹钟，欧阳夏丹清脆明亮的好听声音和白岩松新染的头发都使迷糊的人在鱼肚白时变得快活起来。一杯刚沏好的茶还徐徐冒着热气，囫囵咽下的早饭慵懒地消化着，半坐半躺的姿势逐渐跷起二郎腿，假期的气息融化了僵硬的四肢，在沙发中就像没有骨头一样。

很快电视上热闹起来，一切最能体现中国力量的武装、军队、群众都在光明正大地激荡起我的心弦，那种对祖国最纯真的爱是融在血液里的，是不需要介质就可以表达的，不用推敲，不用斟酌，那样热烈，那样强烈。

何其幸运，我们赶上了祖国百年来国运蒸腾日上的伟大时代。

10 月 2 日

一大家子人没有相约就聚在了一块儿，狭小的老房子里装下十个人也显得刚刚好，多一个拥挤，少一个冷清，这儿就是家。已是四世同堂的姥爷还是亲自掌勺，一大桌子的菜让屋子里飘起了年味。每个人性格都不一样，却因为家的联系处在同一片屋檐下，横看竖看都亲。

晚上感受了领跑国庆档的电影《我和我的祖国》。七位著名导演，数十位著名演员，七个在历史上铭刻的故事，这样的豪华阵容碰撞出的火花总是能带给人惊喜。“你以为升起来的仅仅是一块红布吗?”“我连他的名字都不知道。”“爸，咱家的天线太烂了。”“牛掰格拉斯!”“好好练，练好了给你发个媳妇。”……《前夜》中因为给旗杆顶安装固定国旗的装置，向老百姓征集钴镍等金属，灯火辉煌的巷子中人挤人，全都是前来送金属的，从小孩的同心锁，到清华大学教授带来的样品，都化成拳拳爱国心，记在每个人心里。

10 月 4 日

下了一晚上的雨不光带来了大的降温，还有如洗过的清澈天空。怀柔的喇叭沟门可以算是北京的边界，成片的白桦林让里面的行人显得格外渺小，不用很用力呼吸，清新的空气就往鼻子里窜呢。

最后一部国庆档《攀登者》，原本是我最放心的一部，有吴京的票房保证，章子怡、张译、胡歌的质量保障，还有井柏然、成龙(客串)可以带来的无限惊喜，更何况电影的主题如此热门，而且中国电影上史无前例，却没想到还是拍成了意料之外。各种不符合逻辑的冷门情节，不分情况却演得跟真的似的感情戏，都闹出了不少笑话。只能说，现在的好演员是真的缺少好导演。

10 月 6 日

本来去校友日拍照片就是为了赚学时，却没想到感触颇深。那些花白头发的老人手拉着手，和以前的老同学寒暄着，蹒跚的脚步却显出不搭的少年活泼，和一帮毛头小子一起买校友日纪念品的样子却有些和谐。校友日就像是学校里藏着的故事集被淘气的孩童从阁楼里翻找出来，打开其中任何一页，用手抹去上面的尘土，看着插图中的姑娘依旧心动。

今天男孩要赴女孩最后的约，而他们的故事也只有这座在这里伫立了数十年的校舍记得。

灰色世界出逃计划3.0

前两次的出逃计划都在意料之中失败了，不过桀骜不驯的小孩就像冲破牢笼的小鸟，多少次的无用功也不会浇灭一颗不羁的心——逃避的本性。于是，计划3.0出现了。

我们一直存在于灰色世界里："全球抑郁症患者超过三亿"，丧文化融入日常生活；没有黑白是非对错，只有自保清白的墙头草。有些人笑着硬抗，有些人笑着插刀，满目荒唐。

丧是一种什么感觉呢？不说讨厌阴冷的晚秋，下雨前的压抑，不反思今天做得不够好，不后悔说过的每一句话，不给自己任何一点负面的心理暗示，阻止每一次尝试安慰自己，不主动回忆任何过去的尴尬和委屈，却还是看不到生活的色彩，只想一个人坠落在无尽的灰色里。

最可悲的是生活依旧在继续，没有哪个拧上发条的人会停下来等你抬起头。

晚秋最容易使人清醒，早上亮度高、饱和度低的窗外，风在无声地刮，还没来得及再翻个身把脚趾缩回被窝，整个人就被格外刺耳的闹钟薅了出来。仿佛是被被窝吸走了所有热量，却还是不忘哆哆嗦嗦地把朋友圈刷上一遍。

过于清醒只会让人趋于冷漠。风口浪尖上只留下两种身影，看戏看得热闹的旁观者和左右劝架的和事佬，你并不能找到纯黑纯白的人样。旁观者套上无辜的皮囊烘托着气氛，却要时不时讽刺上一两句酸到不行的话刷存在感；和事佬口口声声保持中立，却披上正义的披风主持大局，两边的热闹都不耽误凑上一凑。不禁让人怀念起被社会灭绝的黑与白，总是要比现在的人单纯很多。

谁甘于在灰色世界里苟且，却不经意间成为了灰色的一部分。冲破牢笼的鸟儿不知道前方是悬崖峭壁，一味地勇敢只是找死。唯一能带给这个世界色彩的，是爱。

陪伴小鸟学会飞翔，带给灰色世界久违的颜色。灰色世界出逃计划再一次失败了，因为人类还记得，爱的存在。不过没关系，虽然天气变得很冷，但是钻进被窝里的幸福指数大大提升了啊。你瞧，字都深刻了起来。

不如在被窝里，做个关于彩色世界的甜甜的梦。晚安。

二十一枝百合花

一

都说分别总是在九月，而他们的相遇也是在九月。

那一年，她是个大二的学生，宛如出水芙蓉，静悄悄绽放在人群里。他是个初来乍到的大学老师，还未洗去刚毕业的青涩，浑身上下透着桀骜不驯的张扬。

二

宿舍楼的会议室里熙熙攘攘，女生叽叽喳喳聊着八卦，男生们用手指摩挲着篮球或是饭卡，像是心思早已飞出窗外。

团委书记拿起保温杯抿了口茶，清清嗓子为学生介绍新来的老师。她上下打量着这个略带书生气的青年，倒是没什么架子，要是不介绍还真以为是个大四师兄，但只是一瞥，并不使她为之心头一晃。

三

他跟着领导走进会议室时并没有人给他让道，低头看路时隐隐感觉到肩头被几缕发丝抚过，淡淡的洗发水味却莫名使紧张的心情稍稍安定下来。他没有看见那女生的脸，下意识转头时只留下了一个娉婷的背影。再等到屋子里安静下来时，这一插曲早被他忘得一干二净。

初出茅庐的轻狂，满是心中热血沸腾的理想和抱负，当时的他也不会想到，人群中的那个女孩，有一天会成为他的全世界，不再是青春时的轰轰烈烈，而是平平淡淡却携手一生的爱情。

四

他果然和她想象的老师不大一样。他不会每天迈着缓慢而稳重的步伐，将一杯枸杞茶叶放在讲桌上，开会时一口富丽堂皇的假大空腔调，他甚至连白衬衫的第一个领扣都不会系上。因为是团委的老师，日常工作就是组织学生们的活动，所以很快便和那群男生在酒桌上打成一片。

她作为学校的学生会副主席，便和“顶头上司”的他产生了不少交集——就像百灵鸟与大树，无论飞得多高，总是要飞回树梢作为依靠。

有个女孩冷不丁闯入了他的生命。和那些吵吵闹闹的女生不同，她属于很听他话的一个好学生，每一次布置的任务都能超额完成——他有时甚至还想多布置一点，好像她忙碌的瘦小身影，也能成为自己一天中一部分仅属于他的快乐所在。

五

1994 年是新中国成立 45 周年，他带队优秀学生代表参加国庆联欢。她因为个子娇小所以站在第一排——他的身边。当漫天的烟花在头顶绽放时，她亮闪闪的眼睛里满是兴奋，而他在夜晚显得格外透亮的目光里，都是她。

六

25年后，他总是不自觉牵起她的手，在车水马龙的街道上留下两个人并肩的影子。她总是免不了对着被他弄乱的厨房发句牢骚，之后他颠颠跑过来洗净她手上的碗。他也在每一年的今天买上一大束鲜花——玫瑰的数量是她的年龄，百合的数量是他们俩结婚的年头。

我数了数，今天他送了她二十一枝百合花。

那些年拥有的令人眼红的小团体

“和我一样可爱的人产生交集，可以避免很多问题。”到现在为止，我的交友理念还一直秉承着这句没什么道理的话。

记得小时候，没有什么好朋友的概念，简单到可能被一半的碎碎冰收买，就会说出“一辈子好朋友”的许诺。而到头来，可能连名字都不曾问过。

直到上了小学，因为住在学校，几乎是二十四小时和小伙伴们在一起，我便拥有了第一个小团体。意气相投可能就从那时开始，一起在大课间去操场上闲聊，一起在晚课上传小纸条，一起喜欢哪个当红明星，一起私底下叨叨哪个老师好凶。

即使沙沙后来去了美国，和牛同学的亲密程度已经可以算是黏在一起，两个化为一个的身影不止被别人羡慕，就连老师都恨不得换座位把我们分开。毕业后各奔东西，还是想方设法聚上一聚。

那时候的友情太纯粹了，难免在现在眼前一团乱麻时回忆起来。幸运的是，她们依旧清澈明亮。

上初中的时候因为从西城考到海淀，整个学校里一个认识的人都没有。所以在学而思混过脸熟的李阿白便成了初中两年最好的闺蜜，“黑白双煞”的名号也算是吹得响亮。

同为语文课代表的两个人甚至把给老师干活都当作了单独相处的好机会，就连自私都显得理所应当。她陪我中午去篮球场看球，我陪她放学后去校门口买烤红薯，忙碌却悠闲的按部就班的日子，在她的陪伴下变得与众不同。

衔接班的压力像是正要发散光芒的太阳被云朵遮盖住一般，而我遇到了一阵带着棉花糖气味的清风。如果不是她们的存在，可能太阳也会变得黯淡无光。

“雕雕五黑”的前身其实是物理做实验的小组，后来演变成了刀枪不入的又一个小团体，拥有这个小团体也算是在衔接班的一年，我有所收获的一部分。

她们的存在不单单是约着喝个奶茶，甚至可以说是无话不说(同一个鼻孔出气)，五个人的“伴娘团”的和谐，让那些讲出的约定成为承诺，刻在了时间长河里。最为幸运的是，我不但遇到了她们，我还可以和她们相依三年，甚至更久和永久。

开学不过两月不到，因为排课的缘分，“泡椒组”出现在了我的高中生活中。对她们的第一印象就是她们都好厉害，而且比我想象的还要可爱。语文课一起八卦李白和杜甫，生物化学课一起做着奇奇怪怪的实验，自习时总是下意识帮着占好座位，就连政治还要比着谁加分加得多。

枯燥紧张的备考也有她们在陪我一起扛，还有什么过不去的呢。

那些年，她们的存在成就着一个更好的我。

给二十年后的一封信

好久不见，别来无恙?

你好！见字如面，我是二十年前的你。闲暇之余，思绪万千，想着和你聊聊。谈谈身边的事，也谈谈身边的人，无关阳春白雪，没有鲜花怒马，我想你愿意听的。

二十年前，我认识了一个女孩，她叫陈念。她是一个很不一样的女孩，剪着寸头，不大爱说话。她有两个愿望，一个是考上北京的大学，长大成人，另一个是试着保护世界。

她身边有三个让我印象深刻的人，一个是少年时爱睡觉的警官，一个是押题押得特别准的语文老师，还有一个，是一直站在她身后保护她的小北。

二十年后，当你奔波于上班路上，或是在人流中逆流而行，也许会碰到他们肩并肩，光明正大地一起走在大街上的影子。

从来没有一节课教过我如何做一个大人，但是陈念说“做大人唯一的好处就是记性会变差”，那些不想回忆的事情也许就不用费劲去忘掉了。所有孩子都被迫成为大人，而大人呢，也在催着孩子成长。

我时常在想，二十年后的我还在相信真，相信善，相信美，相信“相信”本身吗？如果是，我将万分感激。

二十年前是有很多人活在阴沟里的，光鲜亮丽的皮囊下是被冷言冷语淋得湿漉漉的灵魂，再明媚的阳光在那些黯淡的眼神里也会显得刺眼。但夜晚，难得的安静时，他们也在仰望着星空。

现在的你，应该每天晚上都能看到漫天繁星了吧。

人们总是希望自己清高脱俗，可长大了之后谁不是整天和一地鸡毛或满嘴蒜皮的小事斗智斗勇，难逃宿命，早已没了年少时的意气风发。

我想，二十年应该已经可以塑造一个崭新的人了，或是相貌、气质、性格，却永远改变不了曾经的自己。

能活成自己喜欢的样子的人太少了，最终也会向自己妥协。只希望，在大我和小我中保持平衡的你，没有变成自己讨厌的模样。

如果有一个能和你一起感受温和的风，躲一场淅淅沥沥的雨，买转角贩卖机的热咖啡，等闪烁着的红绿灯，吃便利店的雪糕，搂着他的腰坐在摩托车上去看傍晚的海的人，就更好了。

茫茫人海中，总会有个人心甘情愿给你一个最好的结局。

还有好多话想说，我先欠你一次。

二十年前的你。

浅谈讲故事的最高境界

故事是被人类发明创造出来的：从给对方讲述一件事情，到花言巧语再加上口口相传，到后来人们不再满足于现实中发生的平淡小事，人类学会了编故事，到编得花里胡哨，上得大雅之堂。

追根溯源，人类为什么要创造故事？故事带给人们的首先是表达的诉求得到满足，有人讲自然会有人听，在讲故事的同时也满足了他人对别人的经历所产生的好奇心，当故事所表达的情感与听者产生共鸣时，便产生了社交。

每个人虽然在社会层面都是独立的个体，但通过故事的传播人们之间开始变得熟悉，牵扯出情绪，缠绕成关系，氤氲出感情。在这种依赖的情感中人们开始喜欢讲故事，并涌现出了靠"讲故事"为生的职业。例如作家，抑或老师。前者依靠自身的文学素养把故事讲得漂亮，后者则通过故事传道授业解惑。

在这两者的推动下，讲故事变得高级起来，故事变得高深并带有说教意义。谈论庸俗的事情只能勉强称为八卦——庸俗之人不免在这里吐槽上一句"文化人就是矫情"。其实本质原因还是文化水平普遍提高，导致听故事的要求也高了起来，"太俗的不听""狗血的不听""超出认知范围觉得太假的也不听"。

这时候"讲故事界"经过时间的淘汰剩下的，便是前面提到的推动故事界发展的那两类人。他们靠着智慧的头脑、丰厚的学识和强大的耐心磨出了人们所需求的故事，与此同时也生存了下来，甚至垄断了故事界——留到最后的只有名著。

人类获取故事的途径愈来愈广，讲故事的能力却逐渐退化。但没有人觉得这有什么不好，甚至享受于直接接受故事，就像满汉全席变为快餐。可是，作家讲的故事未免功利(为批判、讽刺或是赞美某一时代、精神)而特立独行(寻找一些刁钻的视角)，老师讲的故事却又死守教条(换汤不换药，说来说去还是那些道理)。

人们又开始推崇起“平实而又脱俗”的故事。人们开始学习讲故事，即使没有很高的水平也都记得几个“脱俗”的词——类似“人间”“星河”“碎片”“温柔”“日落余晖”，之后东拼西凑出一篇毫无主题，只是单纯为了显得自己能讲出很脱俗的故事的乱七八糟。不过并不能一概否定人们的努力，毕竟现在“好的故事”有规有矩，好得成了样板戏。

人的一生不就是最好的故事吗？最高境界就是做一个喜欢讲故事的人，也做一个喜欢生活的人。

一年中最盛大的葬礼

今年倒是不“立霾”，一场又一场的大风吹得人直哆嗦。就连可以代表整个秋天的银杏也被吹得发懵，不知道是应该直接掉还是先黄再掉。

秋天总是在一年时节里最不起眼的一个，乍暖还寒，好像吹一场大风就扑向了盛大的死亡，但是总有些人让我再一次爱上这一年的秋天。

去年的今天在一片阴霾中写道：冬来之前总要下场落叶雨。

“冬，带着满身明媚出现在秋存在过的地方。随手在寒气逼人的早晨，撒下一千片落叶。一千个乘着阳光的水坑唱起欢乐的歌。不再有人记得，秋的葬礼，多么悲壮而美丽的落叶雨。被白雾拥抱的火热的心脏，随着秋的悲歌，一点，一点地无尽的跳动着。”

今年在温暖的暖气笼罩的亮堂房间里娓娓道来：

“秋，仅靠着人间烟火气燃烧着冬即将毁灭的角落。精挑细选了一个阳光正明亮的午后，讲起一千个在银杏树下发生的故事，一千个从冬天就可以开始回忆的美好闪烁着耀眼的光。被另一个温暖的拥抱所拥抱的心脏，依附着交织在一起的频率，一下，一下地谱出秋的乐章。”

老舍说：“天堂是什么样子，我不晓得，但是从我的生活经验去判断，北平之秋便是天堂。”此时此刻的北平秋天即使长不过一场风，却也宛若天堂，让每一个明媚午后都值得纪念。

比如窝在温暖的图书馆，虽然不能把针掉在地上的声音都听得到，但是却是不会令人讨厌的喧闹。书往往带给人的不会是像打了鸡血或是大力水手的菠菜一般的力量，却是深入骨髓的温度，抑或是火热，抑或是冰冷。而在秋日，淡淡的散文轻轻挑弄心弦，倒是比激烈的小说更令人舒适。

比如熙熙攘攘的食堂，挑选一张被太阳临幸的桌子，肆意地让眼镜薰上豚骨拉面的徐徐热气，无论是刮多大的风，多大幅度的降温，在此刻都成了浮云，在室内倒是感觉到久违的秋高气爽。

比如踩着点晃悠出学校的大门，挤进狭窄而热闹的 711 便利店，琳琅满目的柜台总会将空空荡荡的胃和心填满一个。

秋天总是个快乐的季节，哼着不成曲儿的小调，快活着把满地金黄踩得格外响亮。

秋天还是个横冲直撞的季节，冲进闷热的夏末，又很快撞出一个吹得人直打转儿的冬。

要说这场一年中最盛大的葬礼，没有白色的纸花，只有满地铺满的黄叶，没有哀乐，只有风与心跳演奏的舞曲。

所有的人在落叶上拎起裙摆，踮起脚尖，跳出一支最柔和的圆舞曲，就像阳光穿过树杈，与每一缕发丝和着风起，迎接下一拍的风落。

冬天就是要在暖和的屋子里看电影啊

首先谢谢所有优秀的文艺作品给我一个短暂又美妙的藏身之所。一旦我觉得生活荒诞得寸草不生，就进去躲一躲，狠狠喘一大口气，即使不能变出一整个春天，起码也能开出朵灿烂的小花。

“总有一天，哥哥要陪你坐上单轨电车去看飞机。嗯，一起去看。”

都说“悲剧就是把美好的东西撕碎给人看”。《无人知晓》却不是，它让你看到了美好的东西的全貌，之后一点一点用指甲去划出痕迹，甚至中途还撕成了挺好看的样子，最后轻轻撕扯下最后一片，被微风托起在空中，闪耀着阳光的斑点。

相比导演，我觉得是技裕和更像个画家，他就安安静静地坐在街头，记录下那些跑来跑去，冬天里也穿着五分裤，拎着塑料袋遥望着棒球场的小男孩。他画下了没有血的死亡，平静地诉说着一个令人难过的故事，还腾出了另一只手用力攥着人的心脏，却没有一滴眼泪掉下来。

后来哥哥把妹妹埋在了每天都能看到飞机的地方。

“来，给我拿三十本《故事会》。”

谁都没有圆满，谁都没有缺憾，《拾荒少年》就这样结尾了。那些在社会边缘挣扎生存着的人，相互依靠，靠着心底那一点亮光，继续在生活中走了下去。一双粗糙的大手拉起稚嫩的小手，走在磕磕绊绊的路上，即使不是亲人、甚至不是熟人。

但至少再不是两个孤单的人。

“我想你做……你自己想做的事，那是你自己的生活。”

橄榄球赛里，常能看到一个抱着球甚至是人的人，像抱萝卜的兔子一样没命儿奔跑，一群如狼似虎的人在追赶他。追捕和拦截往往发生在带球者身后，在他看不见也无能自保的地方，有他的对手，也有他的队友。需要他有勇气，也需要他去信赖，那里叫作《弱点》。

片终，脑海里挥之不去的，是迈克尔本来面无表情的脸突然绽放出的笑容——直击我心。

“人类真复杂，为什么总是要做狗都不明白的事情，例如：离开。”

与 1 还是一样的配方，还是一样的“费狗”，《一条狗的使命 2》还是一样的令我喜欢。到头来还是只有伊森相信那是他的狗老大，也只有贝利自始至终地记得它的使命。“陪伴是最长情的告白”，狗愿意为人付出自己的一生，也同样相信世事轮回。

冬天如果太冷，可以考虑在电影里挑个你喜欢的世界观察观察。

还要 21 分钟就到了小雪节气，晚安。

不会写诗

朋友圈里下了雪
比外面下得大了不少
不会写诗的人也
在此刻
犯了瘾

人在雪中掉落进混沌的温柔
一脚深一脚浅留下半串鞋印
粘起冬踏进潮热的屋子
剩下一口哈气散成残破的雪花

雪在路灯下被炸成烟花
撒了路人一身星星
带着星星的人
相遇便是银河

银河间万物交织
玫瑰花
毛围脖

冒着烟火气的掰开的半个红薯
迷失在朦胧月色
人潮拥挤

仰头
是天亦幻亦真的慷慨
低头
落在脚踝的零星
把路无限延长
走到白了头

缠绵的呼吸化作水气
摇曳的情绪剩下杂质
晃一晃头顶上的云
下起浑浊的雨
带着冬日里从快餐店里飘出来的冰可乐的气味

我们总在揣测
想看到万物的终始
下了雪
眼睛就清澈明亮了

每个人都变成了全新的人
和全新的世界撞个满怀

一夜未过
又至死不渝地爱上曾经

少年追赶着下一场雪

早在雪到来前倾一座城

悲剧出逃计划 4.0

之前被昔日副主编在朋友圈吐槽"她太爱出逃了"，于是不负众望，出逃计划 4.0 在这个冷到大脑麻木把灵感都冻死了的冬天，冷不丁出现在了物理课漫游宇宙的一分钟里。

至于为什么从悲剧出逃：语文书中流泪，却只能用笔作刀，刺出一片殷红。

——致敬中外戏剧欣赏选篇：《窦娥冤》《雷雨》《茶馆》《哈姆莱特》。

能靠冤情使六月飞雪、三年大旱的窦娥却不能让自己活着见到正义降临。正值青春的侍萍被周公馆少爷抛弃，哪知三十年后再回到周公馆又是晚辈的血雨腥风。从头到尾敢作敢当、正义的常四爷爱了一辈子国，最后却绝望地喊出："我爱咱们的国呀，可是谁爱我呢?"。快乐王子哈姆莱特却被现实逼成"疯子"，一场复仇最终血流成河，也只让后人感觉到惋惜和遗憾。

"把美好的东西撕碎给人看。"

撕得真好看。

时间赋予它们"悲剧"的美誉，其他的只能算是卖惨。悲剧带给人们的不光是对角色悲惨经历的感慨、对社会背景与现实的悲痛、对造成悲剧的"恶魔"的讽刺与诋毁，更多的，在忘记课文本身之后还留下的，是悲剧本身所带来的感伤。

人们从来不会因为别人的故事难过，真正难过时是想到了自己。

那些被别人毫无头绪的怀疑、劈头盖脸的指责、被整个世界背叛的时刻，窦娥比你坚强得多；那些被揭开的伤疤、被拾起展示在大众面前的过去、想要逃避却躲不开的恩怨是非，侍萍的绝望你是否也能曾感同身受；那些明知没有结果的努力、被别人当作笑柄的理想，常四爷、秦仲义、王利发，以及所有在茶馆中感知世间冷暖的人，又是否替你尝了茶根的苦，想吐掉又舍不得；那些平静日子里涌动着的不安，即使到不了哈姆莱特所经历的那么波折，也是否让你也成为了延宕的人……

就像屠格涅夫说的那样："几乎每个人都能在哈姆莱特身上找到自己的缺点。"

这也是想要逃离悲剧的原因，"我已经在太阳里晒得太久了"，以至于在悲剧中看到自己卑微的影子。

就像在晚高峰差一点没挤上地铁而被挤在门口的人，只要他有一站不下车，就会有一站在开门时，感受着周围人的推推搡搡，上上下下，只有站稳脚跟才不会被溺在人海里。

下周语文课就开始讲小说了，希望拥有一个美好结局。像这次计划一样成功。

To be，or not to be：that is the question.

简单聊聊那最难拍的剧

要说最难拍的剧，不是布景烦琐的古装剧，不是审片严格的民国剧，不是演员吊着威亚翻来覆去的仙侠剧，也不是敬业到要把命给豁出去的动作片。

而是所有被标签冠名了的、被光环所笼罩着的、也是被无数粉丝所期待的“第二部”。

按道理讲第二部都好拍，“青出于蓝而胜于蓝”“长江后浪推前浪”，有的剧不用换演员导演班底，不用重新构思整个大纲，人物关系故事背景都可以依附于上一部，甚至不用考虑过多宣传，自身自带热度。

但问题就出在这里，观众的眼光和期待值不减反增，而最难的就是超越曾经的自己，也就是最怕比较。拍得再花哨也成了理所应当，正所谓“好剧只应天上有，人间难得几回闻”，“第二部”也就理所应当地占据了最难拍的剧的宝座之位。

难拍也总有人爱拍。那些第二部大致分为两类：连续性剧情或分段性剧情，简单来说就是换不换主人公。如果不换主人公就属于连续性剧情，但基本上时间跨度很小，人物性格差异也不大，而在这个时候第二部如果想要超越第一部，就要选择对主人公设置一个巨大变数，达到不重复第一部的目的。

类似电视剧《欢乐颂》，即使服化依靠资金和审美的快速发展而有所进步，但导演选择继续在舒适区里拖沓，很多能够超越第一部、可以体现出人物成长的情节过于肤浅，以至于看上去第二部的出现更像是原著小说写太长或是和演员签约一签就是两部剧的敷衍了事。

第二类的导演勇敢地踏出一步，改变了主人公，同时也带来了一个全新的故事。这一类型基本不会发生和上一部重复的感觉，但是要是想要出彩，就不得不考虑观众情怀。为什么要看第二部，一定是第一部的好如陈年老酒般醇厚，在齿间留香。观众渴望并需要所谓的“回忆杀”，若是能找到前者中留下的伏笔再加以描绘，至少不会砸了第一部的招牌。

电视剧《琅琊榜》可谓好剧代表之一，而在这么大的光环下就算第二部还没上架就已知无法逾越，但《琅琊榜之风起长林》依旧带给我惊喜。最讨巧的景与物像是回忆之河的水闸，奔流欲出无法阻挡，而同时存在于两部剧的角色从年少到白头，就如同每一位观众，经历着遗忘与更替，而结尾也同样弥补了上一部的意难平。

也不乏胆子大的，不改主角却换了演员，确实糟蹋了上一部留下的好的口碑，也伤害了所有陪伴着这部剧一直走下去的人们。倒也不是说不顾现实具体情况和无法避免的因素，只能在期待过的每个人心上，都会有些酸楚与失落。

在第二部普遍无法超越第一部的大环境下，同样也有越来越好的作品。小火炖的高汤，熬得越久味道越值得回味，但总是要把握住火候，别煮干了才是。

或许，我还是怕忘记这些细碎的情怀，想贪心地把他们都捧在怀中，放进随身的包袱里走向人生的下一阶段。将来，把这些碎片拼拼凑凑，倒一杯热茶，在白气氤氲中拼出一段回忆，忆当时的追剧寻常。也许在剧中的平行世界里，也总有人惦记着这最珍贵的念想。

第一部就豆瓣评分 8.9 的《大江大河》，一代人的青春、已有四季的《爱情公寓》，不出乎意料在明年大年初一就可以带给人惊喜的《唐人街探案》……

这些的下一部，还有人在满怀深情地期待着。

天气预报

“春有百花，秋有月，夏有凉风，冬有雪。”

嘉言懿文贩梦机更新了新的功能——负责播报上一周的“天气预报”。毕竟在自己喜欢的时间里，按照自己喜欢的方式，做着自己喜欢的事，便是贩梦机的使用说明。下面请看本周详情：

混沌的周一早晨不负众望降下了今年冬天北京的第二场雪，北京再度浮现出北平城的模样。刮的是冰碴子，带着新鲜的味道。早上闹钟响起时是世界上最冷的温度，被床拉扯着终于抗住了被窝的诱惑，出门时被雪这么一刮倒是冲昏了头脑，温暖了几分。到学校时天正蒙蒙亮起，温度随着人影攒动而带着燥热。

站在国旗台旁的温度大概与篮球场的坑中不同，雪天则更增加了气氛。这将是这个冬天最浪漫的一天，天气预报建议不要低头玩手机，多看看这曼妙而奇幻的人间。当灯照耀在人群身上，雪花洒在头发上面，月光阳光交织在一起，每一个人影都像是从天而降，若隐若现，醉眼瞧见了满溢出来的温柔，恍若仙境。

经过预测，雪最大时将出现在数学课时分。漫游宇宙般的咒语在耳旁游荡，拿半条被数学禁锢住的小命，换窗外之隔世。雪也许只能下到太阳最明媚的时候，可在那之前，雪安静地一直下着，就像风、云一样，就像每天都应该存在着一样。

这周的气温振幅较大，峰值或存在于戏剧节开幕式，无论是久远的记忆还是无限的期盼，都将被唤起，心跳所带来的是温度的骤升。最低点则应处在数学考试时，虽然与前者相差不久，但这股寒流，后劲可也不小。

冬天是相遇的季节，当心被拉近时，谁不想在这个寒风凛冽的天气里闯进另一个人温暖的怀里。建议去见想见的人，不要只是想想。毕竟冬天的风没有春天的温柔，不懂得诉说着人们的思念。圣诞节、元旦即将到来，天气在数九前将会出现一波回暖，在人间烟火最旺的地方最明显。

天气预报建议：

本周的事情，尽心、尽意、尽力去做了，无论如何，都高高兴兴地上床睡觉。晚安。

圣诞老人复工计划

嘉言懿文的贩梦机到了冬天变得迟钝起来，尤其是入了十二月下旬。白天阳光明媚，风也没那么硬朗。冬至过后，随着白天越来越长，那些在冬天里活在屋子里的人，也都跑出来撒欢儿，天空中被染上了节日的气氛。

欢声笑语让空气变得黏稠起来，把贩梦机迷得够呛，开始享受这种奢靡、规律而轻松的冬天，但是迫于生计，接了圣诞老人的单。

圣诞老人最近老打喷嚏，不过他应该早就习惯了。

他拖着空空荡荡的大口袋倚在门口，驯鹿正啃着根胡萝卜——那是圣诞老人送给它的圣诞礼物。除此之外，他没有任何可送的了。他想辞职不干了，但找不到辞职书交给谁，说来也是，圣诞老人终究不是个职业，也没有人给他任何报酬。但至少在这个圣诞节之前，他还是很喜欢去送礼物的。

莉娃一直有个愿望，她想在灯塔旁边建一座房子。圣诞老人从很久之前就开始为此苦恼，毕竟他并不会盖房子。他第一次只身前往灯塔，绵软的土地让他穿着靴子的脚走得轻飘飘的，臃肿的身体跌跌撞撞，在走的十步路中第五次停下来喘息后，在星空之下他看到了一个青壮年的身影，光芒万丈。那人在盖房子，盖莉娃的房子。圣诞老人两手一叉腰，喘着粗气把铲子扔掉——那是管隔壁长着翅膀的小孩借的堆沙堡的铲子，气哼哼回去躺了大半年。

雪下到第二场的时候圣诞节就近了。圣诞老人“阿嚏”一声从沙发上弹了起来——董仕在红与黄的世界里许下了不想消失的愿望。当圣诞老人刚偷完隔壁长着翅膀的小孩的弓箭，准备杀掉所有想让董仕消失的人时，他看到了那个往自己身上涂抹黄油漆的姑娘，身上的光在慢慢消散着。他愣在原地，拍拍自己圆鼓鼓的大肚子，自嘲道：我只是个送礼物的老爷爷啊。他无法实现别人的愿望，也更不可能依附于自己的是非改变别人的愿望。

不大聪明的他终于领悟到，那些被实现的愿望都是来自爱你的人。以后会有更多比他聪明的人明白这一点，当然也会有更多的人不再相信圣诞老人的存在。而他自己，也再也不会拖着满满当当鼓鼓囊囊的红口袋，带着驯鹿驾着雪橇，在每个人的期盼中打着喷嚏出现。

——想到这里，他恨不得掐死隔壁长翅膀的小孩。

咚咚两下敲门声，那个的长着翅膀的小孩正站在他的家门口揉搓着鼻子。“圣诞老人，你今年怎么没有给我送礼物啊?”

“收到的给你的礼物太多了，我一下子拉不过来。”圣诞老人正随口打发着，突然灵光乍现，伸出厚实的大手把小孩装进了口袋，驾着雪橇就消失在了茫茫月色里。

于是，这个圣诞节，所有人都收到了礼物。

故事刚开了个头

这个故事是在维也纳新年音乐会中开始的——虽然电视转播比现场要差了很多。他依依不舍地藏在电视机后面听着，连啜泣都被淹没在快活的交响乐中。虽然每个人都在假惺惺怀念着他，却无一不在期待着他的接班人。那个明亮而充满着生气，穿着崭新的礼服等待着人们的迎接的人。

甚至上天都予以偏爱，安排好了那个人能比他多活一天。

他最终醉倒在了音乐里，被倒下的旗帜压死了，因为实在是太多面了，崭新的或是年久而破旧的，绣上金丝花边的，扎染上绚烂颜色的，缝缝补补才支撑到现在的。每个人看到的他最后的样子都不一样，凄美或落魄，有的人甚至想逃离他，也有的人抱着他感慨了许久。但其实真正的原因是，他并不是今天故事的主角，所以作家并不会给他过多的戏份。

主角登场，所有人都用能想到的最好的词语形容他。随着圆舞曲的舞步，他款款而来，从容的样子像极了升起的太阳，越靠近他就越是感觉到他的光芒万丈，而忽略了他捻着衣服下摆的手——他是紧张的，即使有着主角光环，也躲不过作家的心血来潮。

他身上背负了太多期望，像背上插满了旗帜的将军。有的人希望他足够优秀，有的人希望他能按部就班，还有的人希望他在按部就班中变得足够优秀。幸好手心里出的冷汗没能凝结成小冰晶，不然人们还要给他加上个“瑞雪兆丰年”的头衔。

他从圆舞曲的漩涡里逃跑出来，祈求一刻宁静，可那依旧在演奏着，达到高潮。作家怎么可能轻易放他走呢，故事才刚刚开始。他想起了之前的那个人，那个人昨天牵着一个女孩的手，说了一大堆煽情的废话，然后一点也不负责任的，就把那个女孩交给了自己。

“她很可爱的，一直很努力，她有一个很美好的梦想，我希望你能帮她实现，至少让她离梦想再近那么一点点。不过看你这样子，让她开心总可以吧。”他哼了一声，这个名字叫作 2019 的家伙果然说的都是废话。

小姑娘的眼睛是亮亮的，一眨一眨就像夜晚的星星，是星空不忍淹没的灵性的光芒。她娇滴滴地对他说：“我还有愿望没有实现。”想到这儿，他没好气地又哼了一声：“我又不是圣诞老人，我又不会实现愿望。”然后她就笑起来，笑得还挺好看，他心里直痒痒。

《拉德茨基进行曲》渐渐放大音量传进他的耳朵，他起身回头，女孩正站在他的身后，歪着脑袋盯着他。“你有什么愿望吗?”他呼噜了两下自己的头发，“我想我可以试着帮你实现。”“新年快乐！”

唔，她希望我快乐，这应该不难——不用去找圣诞老人求助了。

曲终，故事刚开了个头。

记得好好对你的 2020，他没有主角光环，他只有你。